「ああ、所詮は犬ですね。
簡単にやられてしまったようですね」
奥から声が聞こえてきた。
誰か他の探索者が居るのか？
視線を向けるとそこから現れたのは、人ではなかった。
モブから始まる
探索英雄譚3
The story of an exploration hero wh worked
his way up from common people
Author
海翔
Illustration
あるみっく

「そんな……あなたは一体、
何者なのですか」
「わたしは子爵級悪魔の
ルシエリアだ」

「私の家族に手を出した
報いを受けろ！『爆滅の流星雨』」
地響きと共にダンジョンの上部から無数の巨大な炎の塊が落ちてきた。

「モブキャラがヒーロー気取ってんじゃねーー！」
「海斗！」
「春香、先にいっといてよ」

モブから始まる探索英雄譚3

海翔

HJ文庫
972

口絵・本文イラスト　あるみっく

3

The story of
an exploration hero
who has worked his way up
from common people

CONTENTS

第一章 魔界の狂犬

ギルドでいつものように日番谷《ひつがや》さんの列に並んでいる。

待っていると順番がきたので、受付のカウンターへと向かい、

「魔核《まかく》の買取りお願いします」

そう言って九階層で回収した魔核を全て提出した。

「高木《たかぎ》様、全部で七十三個あります。一個三千五百円となりますので二十五万五千五百円となりますがよろしかったでしょうか」

おおっ。さすが九階層の魔核だけあって結構いい値段になった。カバの魔核よりは安いが、あれは大きさも含《ふく》めて特別なのだろう。いずれにしても、さっきダンジョンマーケットで使ったのが二十八万円だったので、ほぼちゃらになった。

「高木様。九階層の魔核がかなりの数あったようですが、順調に探索《たんさく》が進まれているようですね」

「いや、九階層には、まだ潜《もぐ》り始めたばっかりなんですけど、スタンピードっていうんで

すかね。モンスターの集団に襲《おそ》われてしまって、魔核も本当はもっとあったんですよ。たぶん百二十体ぐらいはいたと思います。いきなり襲ってこられて、もうちょっとで死ぬかと思いましたよ」

「高木様。ちょっとよろしいですか？　今スタンピードとおっしゃいましたか？　百二十体とおっしゃいました？」

「ええそうですよ。やばかったです」

「他のメンバーの方は大丈夫《だいじょうぶ》だったのですか？」

「ああ、俺《おれ》だけで潜ってたんで、大丈夫ですよ」

「お一人で潜られていたんですか？　百二十体をお一人で倒《たお》されたのですか？」

「あ、ああ。いや、なんか、頑張《がんば》ったらなんとかできました。ははは」

「高木様。とにかく百二十体のスタンピードが本当であれば一大事です。なにかが起こっているのかもしれません。再度ヒアリングに付き合って頂いてもよろしいでしょうか？」

「ああ、大丈夫ですよ」

またいつもの上司の人を交えてのヒアリングだったが、疑問だった事を質問してみた。

「今回、九階層から八階層へ逃《に》げ込《こ》んだんですけど、モンスターも一緒《いっしょ》に八階層についてきちゃったんです。モンスターってそんなものですか？　てっきり階層を越《こ》えないものとばかり思っていたんですよ」

質問をした瞬間《しゅんかん》、上司の人と日番谷さんの時が止まったのを感じた。時が止まると同時に顔色がみるみるうちに青くなってきた。

やっぱり、やばい事だったのか……

「あ、あの、言わなかった方が良かったですか」

「………」

「あの、なんかすいません」

「あ、ああ。申し訳ない。モンスターが階層越《ご》えをしたのは本当でしょうか？」

「はい。半分ぐらい。たぶん六十体ぐらいは越えてきたんで八階層で倒しました」

「高木様。この事はしばらく内密にお願いします。特殊《とくしゅ》な事例ですので至急調査隊を派遣《はけん》します。無用な混乱を防ぎたいので、原因が分かるまで当分スタッフを巡回《じゅんかい》させるようにします」

「わかりました」

その後もシルとルシェのことは伏《ふ》せて話させてもらったが、手当てで五千円もらえたので、魔核売却分《まかくばいきゃくぶん》と合わせて赤字がほとんど解消してしまった。

今回はラッキーだったな。スタンピードも、もう少し小規模で時々起きないかな。それならもっと楽に稼《かせ》げるかもしれない。

　大金も手に入ったし、疲《つか》れもたまっているので、とりあえず今日はもう帰って休むことにする。


　翌日から、いつも以上にスライム狩《が》りに専念する事となった。

　先日のスタンピードで貯《た》め込んでいたスライムの魔核を全部シルとルシェに渡《わた》してしまったので、ストックが本当に無くなってしまった。そのせいでバルザードも魔核銃《まかくじゅう》も使用不可になってしまったのだ。

　九階層の魔核を残しておけばよかったのかもしれないが、赤字解消のために迷わず売ってしまった。そのことに後悔《こうかい》は一切《いっさい》ない。

　なので今回は殺虫剤《さっちゅうざい》ブレス一択《たく》でスライムを狩《か》って狩って狩りまくる。

　K―12のパーティメンバーには、今週は休む旨《むね》を伝えておいたのでこの土日は久々に一階層に籠《こも》ろうと思う。

　最近時間あたり十二個は当たり前になってきたので一日百個が最低のノルマだ。できれば百五十個を目指したい。

　なんとか二日で三百個の大台にのせて今までの記録を更新《こうしん》したい。

「シル、頼《たの》んだぞ。シルの感知次第《しだい》だからな。どんどん見つけてくれよ」

「かしこまりました。任せておいてください」

今回ルシェは必要ないのだが、せっかくなので召喚《しょうかん》してコミュニケーションをとることにしている。

「ルシェ、一つ聞いてもいいかな。サーバントってモンスターもいるけど、逆にダンジョンに悪魔《あくま》とかって出ることがあるのか？」

「わたしが知るわけないだろ。まあ出たとしてもわたしが撃退《げきたい》してやるから問題ないな」

「同族でも大丈夫なのか？」

「当たり前だろ。同族だからってやられてやるわけないだろ。それにわたしの家族はお前とシルだからな」

「……あのルシェさん。もう一度いいかな」

今たしかに聞き逃《のが》してはならない言葉が聞こえてきた。

「もう一度ってなんだよ」

「いや、ルシェさんの家族は誰《だれ》ですか？」

「は？　なに言ってるんだよ。そんな話、するわけないだろ。バカじゃないのか？」

いやいや、確かに言いましたよ。はっきりこの耳が記憶《きおく》しました。永久保存版決定ですよ。

ルシェの家族は俺とシル。はっきり聞こえた。

俺は今、猛烈《もうれつ》に感動している。確かにルシェとの距離《きょり》が近づいてきた気はしていた。してはいたが、そんな風に迄《まで》思っていてくれたとは。シルは可愛《かわい》い妹のような存在だと思っていた。だがルシェも最高に可愛い。もうお兄さんなんでも買ってあげそうだよ。

今日俺の家族が増えた。これからなにがあっても、三人で乗り越えていけそうだ。

ただ、勝手に家族が増えて、うちの親がなんというだろうか？　俺に妹が二人できたことがバレた時が少し心配ではある。


張り切って一階層に潜っているが、既《すで》に今日一日で百匹《ぴき》以上のスライムを狩っている。

今日は魔核を使う武器は使わないと決めて臨《のぞ》んでいるので、攻撃《こうげき》はワンパターンに陥《おちい》っている。

サクサク倒せてはいるが、ちょっと退屈《たいくつ》なので、一つ思いついてやってみた。

殺虫剤ブレスの吹《ふ》き出し口にライターで火を灯《とも》してから噴射《ふんしゃ》してみたのだ。

以前なにかの動画で見たことがあったのだが、物の見事に炎《ほのお》が噴射されて、殺虫剤ブレスがファイアブレスに早変わりした。

炎が噴射された瞬間、結構な炎の大きさと勢いにびびってしまったが、残念な事にスライムへの効果が半減してしまった。ファイアブレスとして一定の効果は得られたが、残念ながら殺虫剤ブレスのようなスライムへの劇的な効果は現れなかった。

これはこれで、他のモンスターへは結構有効かもしれないので、殺虫剤はやはり常備しておこう。

そんな事をしている間に一日が終わり、結果八時間で百十五個の魔核を手に入れることができた。

翌日も順調にスライムを狩り続けている。不思議とレベル17になった今でもパンチ一発とかで倒せるわけではないので腐《くさ》ってもモンスターというところだろうか。

「シル、スライムっていろんな色の奴《やつ》がいるけど、なんで色が違《ちが》うんだろうな」

「申し訳ございません。考えた事もなかったです。特に理由はないんじゃないでしょうか」

「そうだよな。特に属性とかも無さそうだし、強さもあんまり変わらないしな。そもそもスライムの体って何で出来てるんだろうな」

「水分で出来てるんじゃないでしょうか」

「まあそうだよな」

くだらない会話をしながら夕方に差し掛《か》かって、スライムの討伐《とうばつ》数が百を少し超えた時、何の前触《まえぶ》れもなく、今までにも何度か見かけたあのスライムが出現した。

ブロンズメタリックカラーのスライムだ。今までのよりはちょっと地味目の色だが間違《まちが》いなく、シルたちと出会うきっかけとなったレアスライムだ。

「シル、ルシェ！　絶対に逃がすな。攻撃頼《こうげきたの》んだぞ！」

素早《すばや》く逃げようとするスライムに向かって、

『ズガガガガーン』『グヴオージュオー』

おなじみのシルとルシェのオーバーキルコンボが炸裂《さくれつ》した。

「おおっ」

やはり残されていた。ドロップアイテムだ。だがあれはなんだ？　黒い小さな物体。

「これは……手袋《てぶくろ》か？」

近付いて確認《かくにん》してみると、落ちていたのは黒い手袋だった。

しかも片方だけ。

素材は何かの革製《かわせい》だろうか？

「シル、これなんだと思う？」

「右手用の手袋でしょうか」

「そうだよな。なんか特殊なアイテムなのかな？」

「そうかもしれませんが、特別感はあまりないですね」

「う～ん。これ呪《のろ》われているとまずいから、つける前にギルドで鑑定《かんてい》してもらうよ」

「それがいいと思います」

この時点で二日間で魔核二百個を突破《とっぱ》していたので、目標の三百個には届いていないが、そのまま切り上げてさっそくギルドへ向かった。

「すいません。これなんですけど鑑定をお願いします」

「かしこまりました。鑑定料《かんていりょう》として三万円かかりますが、よろしいですか？」

「はい、お願いします」

受付の人が奥《おく》の部屋に行ってから五分程度で戻《もど》ってきた。

「こちらが鑑定結果です」

アイテム名　理力の手袋　……ＭＰを消費する事で不可視の力を発現することができる。

これはなんなんだろう。鑑定結果を見てもよくわからない。

「あの～すいません。このアイテムってよくあるんですか？」

「いえ、あまり見かけたことはないですね」

「片方だけなんですけど大丈夫なんですかね」

「はっきりとはわかりませんが、もともとそういうものなのだと思われます」

「不可視の力ってなんですか？」

「おそらく見えない力のことだと思います」

う～ん、やっぱりよくわからないので早速《さっそく》明日、試《ため》してみる事にしよう。


翌日いつもの練習用スペースに陣取《じんど》って、新しく手に入れた理力の手袋の効果を検証しにきた。

マジックアイテムには違いないので早速右手に手袋をはめてみる。

特に変わった所も無いし違和感《いわかん》も無い。

だけど、これどうするんだろう。使い方がわからない。

とりあえず手袋なので、適当にパンチを繰《く》り出してみるが特に何も起こらない。

ＭＰを消費するとあるから、魔法《まほう》のようにイメージすればいいんだろうか。

ちょっと恥《は》ずかしいが、何かを放出するイメージで手を開いた状態から右手を突《つ》き出してみる。

特に何も起こってないように思えるが、微《かす》かにだが身体《からだ》に違和感を覚えた。

もう一度同じことをやってみるがやっぱり違和感があるので、気になってステータスを確認してみると、ＭＰが2だけ減少している。

二回で2減っているので一回あたり1ＭＰを消費していることになる。

消費しているという事は何かが起こっているのだと思うが、なにも起こっている感じがない。

なんだこれ。不良品か？

更《さら》に何度か同じ事を繰り返したが、違和感があるだけで特に変化がない。

う～ん。

不可視の力なのでもしかしてなにか起こっていても目には見えないのか？

そもそも見えない力をどう感じればいいのだろう。

考えた結果俺は八階層にきていた。

水辺で水面に向かって先程《さきほど》までと同じことをやってみた。

『ジュボン』

ちょっと先の水面が丁度、手のひら分の大きさだけ凹《へこ》んだ。

やはり目に見えないだけで、何かは出ている？　らしい。

今度は拳《こぶし》を握《にぎ》りしめてパンチしてみる。

『ジュボッ』

今度はさっきよりも少しだけ勢いがあるような気がする。

これって見えないロケットパンチみたいなものだろうか。人間相手ならかなり有効だとは思うが、モンスター相手に俺のパンチが効果があるとは思えない。これはハズレアイテムだったのだろうか？

さすがにハズレだったで片付けるのは忍《しの》びないので、色々と試してみることにした。

まずはチョップしてみたがこれも問題なく射出された。

次に左手にひっくり返して装着して試してみたが、特に問題なく使えた。裏表は効果に影響《えいきょう》がないらしい。

今度は足につけてみたが、さすがに手袋を足には無理だった。

デコピンの要領で指を弾《はじ》いてみた。これも成功はしたが、威力《いりょく》が弱くなっただけで意味がなかった。

イメージを膨《ふく》らませて十秒ぐらい溜《た》めてからやってみたが、これは普通《ふつう》にやるのと大差なかった。

俺が無手で思いつくのはこの程度だった。

次にダメもとで武器を持った状態で使ってみた。

まずはバルザードを右手で握って飛ぶ斬撃のイメージで振《ふ》ってみる。

「おおっ」

なんと水面が少しだが割れた。

これは夢にまで見た飛ぶ斬撃ではないか。

再度やってみるが、同じ効果を得ることができた。

次に魔氷剣《まひょうけん》でやってみたが、先ほどよりも広い面積が割れた。

おそらく刃《やいば》の長さ分切れたのだろう。

調子に乗ってブンブンしてみたが、きっちり十発目で変化がなくなった。

手袋を使っても、使用回数は触媒《しょくばい》に影響を受けるようだ。

次に『ウォーターボール』に重ねようとしたが、飛んでいく物と見えない物を同時に発現させるのは難しすぎたようだ。

唯一《ゆいいつ》できたのが、シールド状の『ウォーターボール』を発現させてから理力の手袋を発動して意識すると、ブレスレットの呪いで拘束《こうそく》がかかるものの、意識だけで結構自在に移動させることができた。ただし時間は十秒程だ。これもそのうちなにかの役に立つかもしれない。

次に実戦で使用してみるために、二階層でゴブリンを探した。

ゴブリンを発見すると同時に魔氷剣を発現させて、少し離《はな》れた所から斬撃を飛ばしてみる。

最初の一撃《いちげき》目は、残念ながら命中しなかったので、慌《あわ》てて狙《ねら》いを定めて再度斬撃を飛ばす。

今度はうまく命中して、ゴブリンを真っ二つにすることができた。

振るって飛ばすので魔核銃よりも狙いをつけるのが難しい。

練習の為《ため》に二体目のゴブリンを探してから、再度斬撃を飛ばしてみるが、今度は一緒に破裂《はれつ》のイメージをのせてみる。

飛ばすイメージと破裂のイメージの両方をこなすのに精いっぱいで、狙いをつけるところまで意識がいかず、再び外れてしまった。

迫《せま》ってくるゴブリンにちょっと焦《あせ》りながらも、今度は外れないよう十字に斬《き》り結《むす》んで斬撃を飛ばしてみたが、どうやら二発共放たれた感覚がある。

ゴブリンに斬撃が命中したと同時に今度は破裂した。

「おおっ」

やっぱり思った通りだ。飛ぶ斬撃にも触媒の特性が引き継《つ》がれているようなのでバルザードの効果でイメージをのせれば色々な効果を得ることができるのだろう。

ハズレだと思った理力の手袋だが、訓練次第でかなり使える気がするので今日は一日特訓することにした。

理力の手袋の検証も一通り終わり、実戦でもある程度使いこなすことができるようになったので、九階層へと向かう。

前回はスタンピードに遭遇《そうぐう》し、探索が殆《ほとん》ど進んでいないため、週末にメンバーと合流するまでには、ある程度探索を進めておきたい。

「シル、もうさすがにスタンピードはないと思うけど、なにが起こるかわからないから注意は怠《おこた》らないでくれよ」

「はい、かしこまりました。できる限り慎重《しんちょう》に進みますね」

しばらく歩いていると、シルがモンスターの出現を知らせてくれる。

「モンスターが奥に三体います」

「群じゃないよな。もっと奥とかいないよな」

「はい、大丈夫です。わかる範囲《はんい》内《ない》にはいません」

ちょっとびびって慎重になってしまうが気を取り直して奥に進んでいく。

奥にいたのは雪男？　みたいなやつだった。

こちらを認識《にんしき》すると同時に背中を向けて逃げ出した。

「えっ？」

今までにない行動にあっけにとられていると、三十メートルほど逃げたところで反転してこちらに向かって何かを投げてきた。

なんだ？　投げる動作はわかったが物が見えない。

『パシュン』

地面に何かが埋《う》まっている。よく見るとパチンコ玉程度の鉄球のようなものが埋まっている。

どうやら小さすぎて目では追えなかったが、この威力《いりよく》は殆《ほとん》ど魔核銃のバレットのようなものだ。

やばい。これは見えない上に当たったらやばい。あんなでかい図体《ずうたい》なのにこんな暗器のような飛び道具を使うとはなんて卑怯《ひきよう》なモンスターなんだ。

俺は慌てて盾《たて》を構えてからシルに、

「シル、『鉄壁《てつぺき》の乙女《おとめ》』を頼む」

と伝えてからルシェをカードに送還《そうかん》する。同時にシルを抱《だ》きかかえて、雪男目掛《めが》けて走る。

「きゃっ」

もう何度か同じ戦法を取っているのにシルがなかなか、慣れてくれない。

途中《とちゅう》何度か光のベールに鉄球が当たったようだが、効果がないのがわかった途端《とたん》に、三体示し合わせた様にまた逃げ出した。逃がすわけにもいかないので俺も必死で追いかける。正にリアル追いかけっこ状態だ。

思いのほか雪男のスピードが速くて距離がつまらない。

しばらく追いかけていると『鉄壁の乙女』の効果が切れたが、切れたのを確認した途端、雪男が再度こちらを向いて投擲《とうてき》を始めた。

やっぱりこいつはずるい。

シルに指示を与《あた》え『鉄壁の乙女』を再度発動して、また追いかけ始めるが距離が縮まらないので埒《らち》があかない。

だがシルを抱っこしたまま狙いをつけた攻撃をするのも難しい。

『ウォーターボール』は有効だとは思うが走りながら拘束されると思いっきり自滅《じめつ》しそうなので使えない。

どうする。

考えてはみたがやれる事は限られている。

俺は咄嗟《とっさ》に右手を前に向けて掴《つか》むイメージで雪男の足首辺りめがけて理力の手袋の力を発動する。

『ドガッ、ズザ～ザ～』

一番真ん中を走っていた雪男が物の見事に転倒《てんとう》した。

理力の手袋の力で走っている雪男の片足を掴むことに成功したが、思った以上に効果的だった。

転倒した雪男を背後から撃《う》ち抜《ぬ》いて消失させる。

残りの二体が一瞬《いっしゅん》立ち止まって、考えるそぶりを見せたが、再び逃走《とうそう》を始めたので、俺も走り出し、同じ要領で理力の手袋の力を使い、もう一体の雪男を転ばせることに成功した。

転んだ雪男を再び後ろから狙い撃って消失させたが、さすがに最後の雪男は戦法を変えてきた。

逃げるのをやめて、つかず離れずの距離感でこちらに間髪《かんはつ》を容《い》れずに鉄玉を投げてくる。

結構距離があるので俺はルシェを再召喚して指示をあたえる。

「ルシェ、あいつを焼き払《はら》ってくれ」

「ああ、わかってるよ。それより勝手にわたしをカードにもどすな！　『破滅《はめつ》の獄炎《ごくえん》』」

ルシェの攻撃はやっぱりえげつないな。一瞬で雪男は焼失《しょうしつ》してしまった。

「ご褒美《ほうび》くれよ」

「私もお願いします」

俺は週末に貯め込んだ魔核からそれぞれに手渡《てわた》してあげた。まあ今回は二人ともそれほど本気で頑張ったわけでもないからか、数が多くなくてもそれなりに満足そうだった。

この日を皮切りに金曜日まで毎日九階層を探索して回ったので、結構手馴《てな》れてきた。

明日は久しぶりにK―12のメンバーと合流するので楽しみだ。


「みんな初めての九階層だから慎重にいこう。一体ずつはそこまで強くないけど、武装してるから注意が必要だよ。防具をつけてる奴は魔核銃も効きにくいから特に慎重にいこう。あとかなり知能が高いし連携攻撃《れんけいこうげき》なんかもしてくるんだ。最後に探知範囲《はんい》外《がい》から突然《とつぜん》矢とか石が飛んでくることがあるからとにかく前方には常に気を配っておいて。ないとは思うけどスタンピードが起きたら撤退《てったい》するからそのつもりでいてほしい」

俺はこの一週間で蓄積《ちくせき》した経験をメンバーへと伝えていく。

「ちょっといい？　最後のスタンピードってどういう事？」

「ああ、モンスターが大量発生する事だよ」

「それはわかるんだけど、どうして急にスタンピードを注意したのかって意味よ」

「それは、先週の木曜日に九階層でスタンピードにあったんだ。ちょっとやばかったんだよ」

「ちょっとまって。さらっと言ってるけどスタンピードが起きたなんて今までもほとんど聞いたことがないんだけど」

「まあ、たまたまだろうけど、一応気には留めておいて」

「たまたまスタンピードが起きたらたまったもんじゃないけど」

そういわれても本当にたまたまなんだから、これ以上説明のしようもないので探索を開始する。

探索を開始して二十分ほどで、
スナッチが敵モンスターの出現を知らせてきた。

「ミュー、ミュー」

「みんな。臨戦態勢をとってくれ」

そこからしばらく進むと武装したホブゴブリン三体と遭遇した。

「魔核銃で牽制《けんせい》しながら、俺とあいりさんでしとめましょう。ヒカリンは『アースウェイブ』を頼む」

まず三人で魔核銃を撃ちながら足止めし、スナッチはホブゴブリン相手に『かまいたち』を連発する。

相手が頭部をガードしながら突っ込んでこようとするところを、絶妙《ぜつみょう》のタイミングで『アースウェイブ』が発動して敵の一体をその場に縛《しば》り付ける。残った一体はミクが魔核銃で応戦している間に俺とあいりさんが急行して前後から挟《はさ》み撃つ。

あいりさんの薙刀《なぎなた》が確実にダメージを与えて弱ってきている。俺はその隙《すき》に背後へと回り込みバルザードで一突きして消滅《しょうめつ》させる。

もう一体に目をやると既《すで》にヒカリンの『ファイアボルト』とミクの魔核銃により手負いとなっている。

今度はあいりさんが、薙刀で一閃《いっせん》してしとめ、最後の一体は、スナッチが倒していた。

久々にこのメンバーで連携《れんけい》をとって敵を撃破《げきは》した。

うまくハマると気持ちいい。メンバーの連携も以前より遥《はる》かにスムーズになっており、シルとルシェと組むのとは違った感覚がある。

「海斗《かいと》さん。なにか武器が違うのです。新しいのに変えたのですか？　前のよりも大きくなっているのです」

「いや、同じ武器なんだけど、なんか進化したみたい」

「進化したのですか？　武器って進化するのですか？　それって凄《すご》くないです？」

「うん。たぶん凄いんじゃないかな」

バルザードを褒《ほ》められるとなんか自分が褒められてるみたいで嬉《うれ》しい。

そのまま、継続《けいぞく》して探索をしていると、突然前方から石が飛んできた。

特に飛来物には注意していたのでなんとか被弾《ひだん》せずに済んだが、危なかった。

どうやらスナッチは感知できていなかったようだ。シルでも矢は無理だったが、投石してくる距離は感知できていたので、スナッチの方が感知範囲《はんい》が狭《せま》いようだ。突然武器が飛んでくるのは本当に危険なので少しでもリスクを減らしたい。

なにかあってからでは遅《おそ》いので、次からシルを探知役として召喚しよう。

とにかく今は敵を倒さなければならないので、盾を構えてからメンバーへと声をかける。

「俺が突っ込むから援護《えんご》を頼む」

そのまま俺は敵に向かって突っ込んでいったが、後方から俺の左右を魔核銃のバレットが通過していく。

メンバーのフォローを受け、ほとんど石が飛んでこないまま敵までたどり着くことができた。

たどり着いた先には二体のジャガーマンがいたので、バルザードを振るい斬撃を飛ばす。

それぞれのモンスターに二撃ずつ放った時点で爆散して消失した。

ヒカリンが後ろからついてきていたようで、

「海斗さん。魔剣《まけん》を振るったら、離れた敵が吹っ飛んだのです。いったい何をしたのですか？」

「いや、この手袋マジックアイテムで理力の手袋っていうんだけど、この前ドロップしたんだよ。なんかこれのおかげで剣戟《けんげき》を飛ばせるようになったみたい」

「海斗さん。それって完全に魔剣士じゃないですか。すごいです。飛ぶ斬撃なんかアニメでしか見たことないです。もう達人じゃないですか」

「いや、そんなんじゃないんだけど」

謙遜《けんそん》しながらも、普段《ふだん》人から褒められることがあまりない俺としては、密《ひそ》かに嬉しかった。

俺以外のメンバーは九階層での探索にまだ慣れていないので、少し早めに切り上げて明日から本格的に探索を進めることにした。

翌日になり朝からメンバーと九階層へと潜る。

「今日はシル様と一緒だからやる気が違うわ」

「わたしもなのです。昨日からテンション上がってます」

「私もなかなか寝付《ねつ》けなかったよ」

昨日の探索と違うことはシルを召喚していることだ。

リスクを少しでも減らすため、九階層での探知はシルに任せることにした。

シルを召喚したことにより、探索効率とメンバーのモチベーションは飛躍的《ひやくてき》に上がり、順調ではあるものの、俺以外のメンバーはこのペースに慣れていないので逆にオーバーペースにならないか心配になってくる。

俺の心配をよそに今のところ、連携も取れているし、誰も負傷していないし順調にいっている。

「うっ！」

痛い。また矢が俺の右足に命中した。他のメンバーに被害《ひがい》がないのは良いことなのだが、何故《なぜ》か俺にばかり命中する。念のために盾も持っているのだが、カバーしきれない足に命中してしまった。

もちろん矢が当たった所は無傷とはいかず骨が折れていると思われるので、慌てて低級ポーションを飲み干す。

何度くらっても慣れる痛みではないが、探知できない所から飛んで来るため、これ以上の対策は取りようがない。とにかく俺が前を歩いて、致命傷《ちめいしょう》だけ防いでいくようにしていくしかない。

「大丈夫？　ポーションだったら私も持ってるからいつでも言ってね」

さすがにメンバーも心配してくれるが、対策がない以上、ポーションを節約しながらこのまま頑張るしかない。

盾を構えたまま突っ込んでいく。

何度か矢が盾に当たったが無視して突っ込む。

最近見慣れてきたシルバーオークが見えたので、盾からバルザードに持ち替《か》えて魔核銃を放ちながらバルザードの斬撃を繰り出す。

即座《そくざ》に二体を消失させたが、三体目は撃ち漏《も》らしたので弓では狙えないように近づきつつ側面に回り込んでからバルザードの斬撃を飛ばす。

『ボフゥン』

シルバーオークの消失を確認してから、メンバーの下《もと》に戻る。ＭＰ1を消費するものの、斬撃を飛ばせるようになってから飛躍的にバルザードの使い勝手が良くなっている。

「海斗一人に任せてすまないな」

「いえ、相性《あいしょう》がありますからね。俺が一番適任なんで」

そのあと何度かモンスターと交戦したが全く危なげなく撃退できているので順調だが、それは突然だった。

「ご主人様。不味《まず》いです。敵ですが今までとは違います。今すぐルシェを召喚してください」

何事かわからないが今までこんなことは一度も無かったので、すぐにルシェを召喚する。

「今日はどうしたんだよ。なんか、顔が変だぞ」

顔が変なのは大きなお世話だが、ルシェなりに異変を感じているのかもしれない。

「ルシェ、奥に高位の敵がいます。明らかに今までの敵とは違います。絶対に気を抜いてはいけませんよ」

「シルがそう言うなら間違いないな。まあ、わたしたちがいれば大丈夫だろ。問題ないな」

「みんな、聞いた通りだ。恐竜《きょうりゅう》の時でもシルがこんな風に言うことはなかったんだ。とにかくやばくなったら逃げてくれ。遠距離《えんきょり》攻撃《こうげき》中心でとにかく攻撃をくらわないことだけに集中してほしい。ヒカリンは敵が現れたらサポートに徹《てっ》してくれ。シルとルシェも戦闘《せんとう》に加わるから」

とにかく敵を見ない事には対処のしようがないので、盾を構えた俺《おれ》を先頭に全員で敵の方向に向かって進んでいく。

近づくにつれ、気配探知など持っていない俺でもわかるほどの強烈《きょうれつ》なプレッシャーを感じるが、それを無視して進む。

遂《つい》に敵を目視できる距離まできた。

そこにいたのは巨大《きょだい》な双頭《そうとう》の犬だった。あれがプレッシャーの主か。

「なんであいつがこんなところにいるんだ」

「ルシェ、知っているのか？」

「あいつは地獄《じごく》の狂犬《きょうけん》オルトロスだよ。あいつはちょっと厄介《やっかい》だぞ。口から毒を吐《は》く。おまけにファイアブレスも出せる。尻尾《しっぽ》にも高い毒性があるからな。絶対に近づくなよ」

オルトロスか。俺でも知っているビッグネーム！　しかも毒か。低級ポーションで毒って治せるのか？　とにかく、シルとルシェを軸《じく》に遠距離攻撃を展開していくしかない。

見る限り、俺たちよりもあいつの方が確実に速そうだ。逃《に》げるのはどう考えても無理があるので必ずしとめなければならない。

「シル、『鉄壁の乙女』を頼む。みんな光のサークル内に入ってくれ。この中なら大丈夫《だいじょうぶ》だから。ルシェは、とにかく『破滅の獄炎』で焼き払うぞ」

そう指示を出してから、俺自身も臨戦態勢に入った。

オルトロスの大きさ自体は、恐竜よりはかなり小さいが、このプレッシャーの感じ、恐《おそ》らく攻撃力は高いのだろう。あとは防御力《ぼうぎょりょく》の問題だがやってみないとわからない。

まずは先制で魔核銃を放ってみる。

ミクとあいりさんもほぼ同時にバレットを放つ。

『『『プシュ』』』

着弾《ちゃくだん》と同時にオルトロスが少し反応したが、反応を見るかぎりダメージと呼べるものを与えられたのかは分からないが、こちらの攻撃に気づいて向かってくる。

『グヴォージュオー』

今度はルシェの『破滅の獄炎』が炸裂したが、オルトロスは健在だ。体毛が焦《こ》げてはいるが、炎への耐性《たいせい》が高いのか、致命傷には程遠《ほどとお》い。

「ルシェ、『侵食《しんしょく》の息吹《いぶき》』を使ってくれ」

俺の指示とほぼ同時にケルベロスが吠《ほ》え、同時に双頭からファイアブレスを仕掛《しか》けてきた。

「ううっ」

『鉄壁の乙女』に遮《さえぎ》られて直接的なダメージはないが、猛烈に熱い。

どうやら温度変化までは完全には防げないようだ。

「さっさとくたばれ。この駄犬《だけん》が！『侵食の息吹』」

「グウゥー」「グゥルゥ」

ルシェの攻撃がなにかしらの影響を与えてはいるものの、効果がはっきりしない。

この間もスナッチは間髪を容れずに『かまいたち』を連発している。

俺もバルザードから斬撃を飛ばして命中させるが、爆散しない。斬撃が命中してはいるようだが、本体への影響が極《きわ》めて少ない。

『アースウェイブ』

ヒカリンが継続的《けいぞくてき》に『アースウェイブ』を発動しているお陰《かげ》で、オルトロス自体の動きは鈍《にぶ》いのだが、今までの敵で一番防御《ぼうぎょ》が堅《かた》い。

「ウワォオオオーン！」「グゥオオオオオオー」

オルトロスの咆哮《ほうこう》が響《ひび》き、強烈なプレッシャーが襲《おそ》ってくる。

おそらくこの感じ、もしかして威圧《いあつ》系のスキルか！　慌ててメンバーの方に顔を向けるが、『鉄壁の乙女』の効果もあり全員が正気を保って、攻撃を続けている。

『ウォーターボール』

魔氷剣を発動してから斬撃を飛ばす。

着弾と同時に少し裂傷《れっしょう》を負わせることに成功したが、まだまだ致命傷には程遠い。

オルトロスが再び口を開きこちらに向けて攻撃をしてきた。片方の口からは、なにやら液体を飛ばしてきたのであれがルシェの言っていた毒だろう。

『鉄壁の乙女』に防がれて俺たちに影響はないが、今のままではこちらも決め手を欠いており、このままではジリ貧《ひん》状態だ。

『グヴオージュオー』

「ウウゥウー」

オルトロスの唸《うな》り声《ごえ》に苦痛の色が含《ふく》まれているので、ルシェの攻撃は確実に効いてきてはいるが、このままだと千日手の様相を呈《てい》し、先にガス欠を起こすのはこちらだと思える。

意を決して、俺はルシェをお姫様《ひめさま》抱《だ》っこして飛び出した。

「お、おぃ。急に何するんだよ」

「このままだと埒があかない。オルトロスの足下《あしもと》まで俺が運ぶから、下から腹に向かって『破滅の獄炎』を放ってくれ。犬だったら腹の部分の方が弱いはずだ」

「わかった。また死ぬなよ」

「だから俺は死んだことないんだって」

そのままルシェを抱《かか》えてオルトロスの下へ走るが、当然オルトロスもこちらをロックオンしてくる。

『『プシュ』』『ファイアボルト』『ブゥウン』

パーティメンバー全員が注意を逸《そ》らすために、援護射撃《えんごしゃげき》をしてくれる。

「グォオーオ」「ギャーウゥー」

確実に嫌《いや》がってはいる。

『破滅の獄炎』

オルトロスの攻撃を躱《かわ》しながらどうにか足下付近まで近づいて、ルシェを潜《もぐ》り込《こ》ませる。

「ガァアアア、ギュアーアア〜」

効いている。

『グヴオージュオー』

「ルシェ、効いてるぞ。そのまま焼き殺せ！」

「まかせとけ。犬の丸焼きを作ってやる。『破滅の獄炎』」

『グヴオージュオー』

『グウウガァアア』『グルウウゥアー』

「もう一発だ！　『破滅の獄炎』」

『グヴオージュオー』

下方からのルシェの攻撃にオルトロスが悶《もだ》え今までよりも確実にダメージを受けているのがわかる。

ただ外皮の耐性が高く致命傷まではいかない。

「みんな！　シルを一度送還するから、攻撃しながらもっと距離《きょり》をとってくれ」

みんなが後方へと下がるのを確認してから、シルを送還してすぐに再召喚《しょうかん》した。

「シル、ルシェと一緒《いっしょ》に腹に攻撃してくれ。『神の雷撃《らいげき》』を頼《たの》む」

「おまかせください。『神の雷撃』」

『ズガガガガーン』

なぜかシルの攻撃はオルトロスの背中に着弾した。

「ギャワアアン」

「シル、なんで背中を攻撃したんだ。ルシェと一緒に腹を頼む」

「ご主人様、『神の雷撃』は上から下に落ちる攻撃なんです。下から上には無理なんです」

ああ。確かにシルの雷撃は今まですべて上から下に向けて発動していた。完全にスキルの特性を忘れてしまっていた。

「すまない。俺のミスだ。神槍《しんそう》を腹に撃つことは可能か？」

「もちろん大丈夫です」

「ルシェ、シルの攻撃に連動して『破滅の獄炎』を放ってくれ」

「まかせとけよ」

「我《わ》が敵を穿《うが》て、神槍ラジュネイト」

「犬ころがいつまでも調子にのるな！　『破滅の獄炎』」

二人の攻撃に合わせて俺もバルザードの斬撃を飛ばす。

「ギャグゥウウウウ」

初めて明確なダメージがオルトロスの腹部に入り、腹部の一部がえぐれている。

ダメージを受けて、怒《いか》り狂《くる》ったオルトロスがこちらを攻撃しようとするが、いいタイミングでスナッチと他のメンバーが再度攻撃をかけてくれる。

鬱陶《うっとう》しいと思ったのか、オルトロスの双頭がメンバー達の方を向いて息を吸《す》い込んだのが見て取れた。

「逃げろ！」

『鉄壁の乙女』の加護が無い状態で攻撃をくらうのはまずい。

俺は声を上げ、右側の頭にはバルザードの斬撃を飛ばし、もう一方の頭には氷の盾を出現させて理力の手袋《てぶくろ》を使ってオルトロスの口の奥《おく》に押《お》し込んだ。

俺の氷の盾にブレスを防ぐほどの強度は全くないが、はるか上部に位置する口の中を狙える方法を他に思いつかなかった。

少しでもブレスを遅《おく》らせることができればと思い、咄嗟に発動させていた。

「ゴ、ゴフッ、ゲハッ」

無駄《むだ》かもしれないと思いつつ咄嗟に放った氷の盾だが思わぬ効果を生んだ。

開けた口の中に、それなりの大きさを持つ氷の膜《まく》を気管まで一気に押し込まれたことにより、オルトロスがむせた。

むせて盛大《せいだい》に咳《せ》き込んだ。

右の頭部もバルザードの斬撃の影響と、もう一方の頭がむせ込んだお陰で、ブレスを発することはできなかったようだ。

オルトロスがむせ込んでいる隙に再度腹部に攻撃をかけるが、腹部は弱点だったのか完全に効いている。

他のメンバーも移動し位置を変え再度牽制してくれている。

オルトロスは先程なにが起こったのか理解できないようで、警戒《けいかい》してブレスではなく足での通常攻撃に切り替えて踏《ふ》みつぶそうとしてくる。

ダンジョンの照度では透明《とうめい》な薄《うす》い氷は認識できなかったのだろう。突然不思議な力で咳き込んだように感じたのかもしれない。

いずれにしてもチャンスだ。

俺たち三人も踏みつぶされないよう移動を繰《く》り返しながら腹部の一点を狙い続ける。

「グ、グフウッ、ギャウッ」

「効いてるぞ。あと少しで倒《たお》せそうだ、このまま押し込むぞ」

三人で更に攻撃を繰り返すと、オルトロスがたまらずバランスを崩《くず》して倒れこんできた。

『ズズズゥーン』

地響《じひび》きと共にオルトロスの身体が横たわり双頭が攻撃可能な位置に現れた。

「みんな今だ！」

ここが勝負どころなのは全員わかっている。ヒカリンは『ファイアボルト』を連発して、あいりさんも急いで駆《か》け寄ってきて、薙刀で倒れたオルトロスの頭部を斬りまくる。スナッチも近距離《きんきょり》から『かまいたち』を放つ。

俺も頭部に斬撃を加え、シルとルシェもコンボ攻撃を連発している。

さすがにこの状態になれば、倒れたオルトロスに、もはや抵抗《ていこう》する力はなく、しばらく攻撃を続けるとオルトロスの巨体《きょたい》が消失した。

「やったな！　オルトロスを倒したぞ。全員の連携勝利だな。結構消耗《しょうもう》したけどノーダメージで勝てたから文句なしだよ」

今回の一番の勝因はヒカリンの『アースウェイブ』でオルトロスのほとんどの行動を制限できたことが大きかった。

「ああ、オルトロス相手に上出来だな。だけどなんでこんな所にオルトロスがいたんだろうな。普段は魔界《まかい》にいるはずなんだけど。もしかしたら、恐竜とかスタンピードもオルトロスのせいだったのかもな」

第二章　士爵級悪魔

「ちょっと休んでいい？　私たちこんな大物相手にするの初めてだったから、精神的に疲《つか》れちゃって。恐竜の時は硬直《こうちょく》してただけだったし」

「ああ、そうかごめん。ちょっとまって。シル、周りにモンスターの気配はないか？　ここでしばらく休んでも大丈夫かな」

「少々お待ちください。えっ？　ご主人様、今すぐ臨戦態勢を整えてください。なぜだか、最初に感じた強力なモンスターの気配が無くなっていません。もしかしたらもう一体いたのかもしれません」

「シル、どういう事だ？　オルトロスがもう一体いるってことなのか？」

「申し訳ありません。そこまではわからないのですが、高位の敵の気配が消えていません」

オルトロスと同等以上の敵がまだ近くにいるってことか？

「みんな、聞いての通りだから休憩《きゅうけい》はちょっと無理っぽい。あと一体倒してから休憩を取ろう。作戦は、さっきと同じでいこう。オルトロスだったら問題なくいけるはずだから」

取り敢《あ》えず、俺たちは臨戦態勢を整え直し再度神経を集中して敵を待つ。

「ああ、所詮《しょせん》は犬ですね。簡単にやられてしまったようですね」

「はっ？」

奥から声が聞こえてきた。誰《だれ》か他の探索《たんさく》者が居るのか？

声の方に集中して視線を向けるとそこから現れたのは、人ではなかった。

背丈《せたけ》はおおよそ二メートルぐらいだろうか、モンスターとしてはそこまで大きい方ではないが身体《からだ》は茶褐色《ちゃかっしょく》で筋肉質。見た目は人間に近いが決定的に違《ちが》うのは頭部に大きな角が二本生えている。

「先程《さきほど》の戦いを見ていましたが、貴方達《あなたたち》なかなかやりますね。オルトロスは頭が良くないとはいえ、それなりの強さはあったはずですが、見た目によらずびっくりしましたよ。なにやら一人は私と同族が交じっているようですし」

喋《しゃべ》った。しかも同族？　こいつまさか……

「ルシェ、こいつもしかして」

「ああ、間違《まちが》いないな。こいつ悪魔だ。見たことはないが、そこそこやりそうだ」

「無礼な子供ですね。士爵級悪魔の私に対して礼儀《れいぎ》がなってないですね。同族のよしみであなただけ逃《のが》してあげようかと思いましたがやめました。一緒に死んでください」

「ルシエ、子爵《ししゃく》級って」

「いやたぶんこいつは子爵じゃなくて士爵級だ。一番下の爵位《しゃくい》級だ」

「じゃあ、大したことないな。ルシェの方が上なんだろ」

「なにを、わけのわからない事を言っているんですか？　子供が生意気な口をききますね。暇《ひま》を持て余して、オルトロスと一緒に来てみたのですが、暇つぶしぐらいには頑張《がんば》ってくださいね」

「シル、『鉄壁の乙女』だ。みんな油断するな。最下級でも爵位級悪魔だから結構強いかもしれない」

「最下級、最下級と平民風情《ふぜい》がうるさいですね。爵位を持つ者に対しての礼儀というものを知りなさい。もういいです。さっさと死になさい。『ダークメア』」

なにやら得体の知れない黒いモヤのようなものが吹《ふ》き出して光のサークルの周囲を覆《おお》ってしまう。攻撃を仕掛けてきたようなので、なにかしらの特殊効果《とくしゅこうか》を持ったモヤなのは間違いない。

スナッチがモヤを吹き飛ばすために『かまいたち』を連発すると、だんだんモヤが晴れてきた。

「ほう。なかなか優秀《ゆうしゅう》な防御壁《ぼうぎょへき》のようですね。『ダークメア』を防げるとは思いませんでした。じゃあ次はこれでどうでしょう」

と言いながら右手に持つ灰色がかった剣《けん》でいきなり斬《き》りかかってきた。

『ガンッ』

『鉄壁《てっぺき》の乙女《おとめ》』は文字通り鉄壁の効果を発揮して、悪魔の攻撃も全く寄せ付けないが、俺には見えなかった。あいつの太刀《たち》筋《すじ》が全く見えなかった。気がついたら光のサークルまで剣が届いていた。

こいつはやばい。

今までの巨大な敵と違ってサイズ的にはどうにかなりそうだが、かなりやばい。

「シル、『鉄壁の乙女』だけは切らさないよう注意してくれ。ここからは相手に気取られないように極力指示は控《ひか》えるから、それぞれ前回と同じように頼む」

そう言うと俺はバルザードを横に一閃して斬撃を飛ばす。それを合図に全員が士爵級悪魔に向けて攻撃を開始する。

アイリさんとミクが魔核銃《まかくじゅう》を放ち、ヒカリンが『アースウェイブ』を発動。スナッチは継続して『かまいたち』で攻撃。ルシェも『破滅の獄炎』を発動して、敵を総攻撃《そうこうげき》する。

それぞれが攻撃を連発しながらも敵を注視する。

攻撃は全弾命中している。命中しているというよりも全く避《よ》けるそぶりをみせない。

「嘘《うそ》だろ……」

オルトロスでさえ、なんらかのダメージを与えることはできていた。なのにこいつは完全にノーダメージのようだ。

正直少し舐《な》めていたかもしれない。ルシェが子爵級悪魔なので、ルシェよりも格下の士爵級なら問題ないだろうとたかをくくっていた。

しかし、こいつはなんなんだ？　なんで俺たちだけではなく、ルシェの攻撃までノーダメージなんだ？　子爵の方が強いんじゃないのか？

疑問に思いながらも、攻撃の手を緩《ゆる》めるわけにはいかないので、攻撃を繰り返す。

「ルシェ！　こいつノーダメージっぽいんだけど。やばくないか」

「ああ。ちょっとやばいな。シルにも攻撃してもらうしかないだろ」

確かに俺たちの攻撃が効果がない以上、一番攻撃力の高いシルに頼《たよ》るしかない。頼るしかないが、シルを攻撃参加させると『鉄壁の乙女』の庇護《ひご》がなくなってしまう。

目で追えない程《ほど》の攻撃をしかけてくるあいつ相手では悪手に思えてくる。

「海斗《かいと》、シル様に攻撃参加してもらってくれ。私たちは大丈夫だ。その間ぐらいは弾幕《だんまく》でなんとかする。たしかにあいつの太刀筋は速いが、なんとか対応できるレベルだ」

あいりさん。あいつの太刀筋見えてるんですか？　俺全然見えなかったんですけど、やっぱりあなたもすごいじゃないですか！

「シル、攻撃に参加してくれ。みんなは、弾幕張りながら出来るだけ距離を取ってくれ」

「かしこまりました」

『鉄壁の乙女』の効果が切れるタイミングを見計らって、シルが攻撃に参加する。

「たとえ士爵級悪魔であってもご主人様を傷つけることは許しません。『神の雷撃』」

シルの雷撃に合わせて俺とルシェもそれぞれ攻撃を加える。

「嘘だろ」

三人の合わせ技をくらった悪魔は、平然とそこに立っていた。

黒く煤《すす》のついたほほを拭《ぬぐ》ってこちらにしゃべりかけてきた。

「先ほどまでよりは、ましな攻撃でしたが所詮はこんなものですか。やはり幼女の攻撃など私に効くわけがないのです」

「シル、神槍だ。ぶっ放してやれ！」

「はい。我が敵を穿て、神槍ラジュネイト」

『ドガガッ』

こいつ、シルの一撃《いちげき》を剣で受け止めやがった。

「ほう。この一撃はかなりのものですね。ただ私は士爵。騎士《きし》にそんな攻撃は通じませんよ」

「ルシェ、『侵食の息吹』だ」

『ウォーターボール』

俺自身も魔氷剣《まひようけん》を出して攻撃力を上げる。

斬撃を連発させるべく、十字に斬って斬撃を飛ばす。

「ふうっ、こちらの言っていることが理解できないようですね。時間の無駄のようです。そろそろこちらから行きますよ」

悪魔はゆっくりとこちらに向けて歩いてきて、俺の目の前まで来ると持っている剣を一閃した。

『ガキィン』

「海斗しっかりしろ。斬られたら死ぬぞ」

すんでのところで、あいりさんの薙刀が伸《の》びてきて、敵の攻撃を防いでくれた。

『ファイアボルト』

ヒカリンが攻撃をかけてくれる。

危なかった。剣筋が見えないうえに、圧倒《あっとう》されて集中力が一瞬途切《いっしゅんとぎ》れてしまった。

悪魔の言っていることをまともに聞いてもしかたがない。

再度全員攻撃をかける。

シルまでを含めた全員での一斉攻撃《いっせいこうげき》、これが俺たちの最大火力だ。

「ふうっ。痛いですね。少々好きにやらせすぎました。順番に潰《つぶ》しますよ」

嘘だろ。軽くダメージは入ったようだが、それだけだ。全く倒せる気配などない。

『ガキィン』

今度は俺ではなくあいりさんに向かって剣を振《ふ》るい、薙刀で受け止めたあいりさんは、すごい勢いで壁《かべ》へとふきとばされてしまった。

「ううっ」

見る限り外傷はあまりないようだがダメージは受けており、気を失っているようにも見える。すぐに戦線復帰は難しいかもしれない。

今の動きを見ると『アースウェイブ』も機能していないようだ。

残りのメンバーで再度総攻撃をかける。遠距離《えんきより》に関してはあいりさんが欠けても威力《いりよく》はそれほど落ちない。

「またですか。ちょっと煩《わずら》わしいですね。次はあなたですね」

そう言うと同時に今度は俺の目の前に現れ上段から斬りつけてくるが、目を離《はな》さないように集中していたのと何度か太刀筋を見ていたおかげで辛《かろ》うじて受け止めることができた。

受け止めた瞬間《しゅんかん》、必死に破裂《はれつ》のイメージを複数回繰り返して魔氷剣にのせた。

『バキィーン』

その直後、高音の金属音とともに悪魔が持っていた武器が粉々に砕《くだ》け散った。

やってやった。

運もあったが、俺は刹那《せつな》の攻防《こうぼう》で敵の武器を破壊《はかい》することに成功した。

恐らく士爵級悪魔が使っている剣なので、ただの剣ではなく魔剣だったと思うが俺のバルザードの方が優《まさ》った。

「あああああっ。このゴミムシが！　公爵《こうしゃく》様より頂いた私の剣を！　ああ、もう遊びは終わりだ。今すぐ死ね！」

やばい。怒《おこ》っている。怒りで目の前の悪魔の顔が悪魔のような形相に変化している。

「死ねっ」

剣を失った悪魔が拳《こぶし》でラッシュをかけてきた。

魔氷剣で受け止めるが、すぐに使用制限を超《こ》え、ただの諸刃《もろは》のナイフに戻《もど》ってしまう。

やばい、死ぬっ！

「させません」

シルが神槍を発動して割って入るが、悪魔によって槍が掴《つか》まれた。神槍の熱量によって手から血が流れているので、ダメージはある。だがそれだけだ。

一瞬《いっしゅん》の膠着《こうちゃく》状態を見て、全員が動き出し動きの止まった悪魔に一斉《いっせい》に攻撃をかける。俺も『ウォーターボール』で氷の刃《やいば》を超近距離《ちょうきんきょり》発動するが、やはり効果が薄い。

神槍を掴まれた状態で、シルが持ち上げられ、そのまま振り飛ばされてしまった。

「ううっ」

大丈夫のようだが、構う暇はなく、俺に悪魔のパンチが降り注いだ。

「がはっ」

とっさに『ウォーターボール』で氷の盾《たて》を発動したおかげで、吹き飛ばされたがなんとか生きている。

生きてはいるが、何箇所《なんかしょ》か完全に骨が折れている。

「ご主人様を。許せません！」

「くそったれ、士爵風情《ししゃくふぜい》が！　今すぐ死ね！」

俺がやられたのを見てサーバントの二人が今まで見せたことのない表情を見せ、悪魔に向かって猛攻《もうこう》を仕掛ける。

シルは神槍での連撃を繰り出し、ルシェはそれに呼応して『破滅《はめつ》の獄炎《ごくえん》』を連発している。スナッチの『かまいたち』やヒカリンの『ファイアボルト』も間髪《かんはつ》を容《い》れずに繰り出されているのが見える。

「ううっ」

攻撃が続いている間に、なんとか動き出しリュックから低級ポーションを取り出して一気に飲み干す。

しばらくすると痛みが引いてきたが、今までと違って完全には引かない。思ったより重傷だったのかもしれないが、これで十分動ける。

バルザードに魔《ま》核《かく》を吸収させて、すぐに戦線復帰する。

サーバント達の怒りによるものなのか、二人の攻撃力が上がっているように感じる。そのせいか今までダメージを与《あた》えることができなかった相手に、押しているようにも見える。

この状況《じょうきょう》で俺が飛び込んでも役に立たない。

俺ができること。

極力気配を薄くして、倒れていた位置から悪魔の背後までゆっくりと近づいていく。

今までモンスターを相手に何度も繰り返してきた手順だ。

みんなのおかげで俺には全く意識が向いていない。

悪魔の背中が目の前にある。

バルザードを構えて身体ごと一気に飛び込んで突《つ》き刺《さ》す。

「グワッ」

悪魔の背に刺さったバルザードに向けて破裂のイメージを制限回数一杯《いっぱい》まで繰り返す。

破裂する衝撃《しょうげき》を感じなくなった。

直接刺さった状態からのバルザードの特殊効果連続発動だ。効果が無いはずはない。

手元を見るとバルザードが刺さっていた周辺三十センチぐらいがポッカリと穴を穿っていた。

勝った！

パーティメンバー全員がそう思っただろう。

「ガ、ガハツ。フーッ、フーッ、クソッ、卑怯者《ひきょうもの》め！『ダークキュア』」

勝ったと思った瞬間、悪魔がなにかのスキルを発動した。

スキルの効果でポッカリ空いていた腹部の穴が徐々《じょじょ》に閉じていく。

「う、嘘だろ」

決死の一撃だった。全員の力を合わせた必殺の一撃。みんなのおかげで繰り出すことができた渾身《こんしん》の一撃だった。

確実に効果はあった。完全に致命傷を与えることに成功した。歯が立たない相手を撃破《げきは》することができた。

そのはずだった。

それが回復系のスキル？　反則だろ。自分がポーションで回復したのに敵が回復しないと思うことに無理があるのかもしれないが、普通《ふつう》、敵は回復しないだろ。このレベルの攻撃と防御ができるやつは、回復しちゃダメだろ。

「このハエが！」

次の瞬間、俺は再びぶっ飛ばされてしまい、そのまま意識を失ってしまった。

俺は今士爵級悪魔に吹き飛ばされて動けない。

パーティメンバーが俺をかばって戦ってくれている。

名前は知らないが相手はあの士爵級悪魔だ。

シルとルシェも俺を庇《かば》って奮闘《ふんとう》してくれているが、メンバーが次々に倒されていく。

今まさにシルとルシェが首を締《し》めて持ち上げられている。

「やめろ！　やめろ〜！」

助けようと叫《さけ》ぶが、体が動かない。

「てこずらせてくれましたね。これで終わりです」

その直後、シルとルシェが光の粒子《りゅうし》となって消失してしまった。

「ああああぁぁぁぁぁぁぁ〜！」

目の前の光景に今まで感じたことのない衝撃を受け、意識が覚醒《かくせい》した。

「うっ。ゆめか……」

次第《しだい》に意識がはっきりしてきて、目を開け周囲を見ると、そこにはパーティメンバーとルシェが倒れていた。

シルもかろうじて立ってはいるが満身創痍《まんしんそうい》の状態だった。

夢じゃなかった。みんなが俺《おれ》をかばってくれていた。先程の夢とリンクする光景に今まで感じたことのない怒りがこみ上げる。

不甲斐《ふがい》ない自分が許せない。

この不条理な悪魔が許せない。

俺がやらないといけない。

何があってもパーティメンバーは俺が守る。

命に代えてもシルとルシェは守る。

大した覚悟《かくご》などなかった十七年の人生の中で、この時初めて自分の命を懸《か》けてでも、なさなければならないことがある事に気がついたかもしれない。

怒りと決意が動かない身体を無理やり動かして、リュックから二本目の低級ポーションを取り出すことに成功した。

震《ふる》える手で蓋《ふた》を開け一気に飲み干す。

まだ戦える。だがどうやって戦う。また忍《しの》び寄って後ろから強襲《きょうしゅう》するか？　頭を狙《ねら》えばいけるか？

もう、注意を引いてくれるメンバーはいない。シルも満身創痍、この状況ではおそらく成功しない。

「お、おい。大丈夫か……逃げろ」

「ルシエ……」

ルシエはかろうじて意識があるようだが、こんな状況でも俺のことを気遣《きづか》ってくれている。俺の中でやるせない怒りが増幅《ぞうふく》する。

どうする。どうすればいい。時間はもうない。今すぐあいつを倒す方法。何かないか。本当に俺には何も残っていないのか？　シュールストラーダが一缶《かん》、殺虫剤《さっちゅうざい》が一缶。ライターが一個。

シュールストラーダを投げつけて、殺虫剤に火をつけてファイアブレス。

いやダメだ。時間稼《かせ》ぎにはなるかもしれないが、あいつを倒せるイメージが全くわかない。

俺に残されたものは、もうなにもない。ないが、まだ使用してないものが一つだけあった。

『暴食の美姫《びき》』

ルシェがレベルアップした時に発現したスキル。

スキル　暴食の美姫　……契約者《けいやくしゃ》のHPを消費する事で、一時的にステータスアップを図《はか》ることが出来る。ステータスの上昇幅《じょうしょうはば》は契約者との信頼《しんらい》関係に依存《いそん》する。

発現して以来一度も使用したことはない。俺の生命を吸って発現する悪魔スキルのため、怖《こわ》すぎて死蔵していた。

以前のルシェであればそれ程のステータスアップは望めなかったかもしれないが、今のルシェならあるいは……

というよりもうこれしかない。俺たちにはこれしか残されていない。

悪魔スキルが最後の希望というのも、なんとも皮肉な感じだがこの際目をつぶろう。

「ルシェ、動けるか？　頼む、『暴食の美姫』を発動してくれ」

「えっ……あれ、使って……大丈夫《だいじょうぶ》なのか？　責任……取れないぞ」

「ああ、大丈夫だ。俺が責任とってやるからやってくれ」

「本当にいいんだな」

「ああ、頼む」

「わ、わかった、やってみる。『暴食の美姫』」

ルシェが『暴食の美姫』を発動した瞬間、俺の身体に急激な変化が訪《おとず》れた。

MPを使用する時にも何かが抜《ぬ》けていくような気持ち悪い感覚があるが、これはそんなものじゃない。ジェットコースターの落ちる瞬間がずっと続いているような強烈《きょうれつ》な圧力と虚脱《きょだつ》感が混在している。

「ぐうぅぅぅ」

慌《あわ》てて自分のステータスを確認《かくにん》する。

俺の元々のHPは57でポーションを飲んだので、全快しているはずだが今は55になっている。

あっ。

見ている間にも減っていく。大体だが二秒にHP1が減っていっている。

ルシェのスキル『暴食の美姫』の効果により俺の生命、HPがガリガリ削《けず》られていっているのが感覚でもわかる。

このままだとあと百秒足らずで俺は死んでしまう。

そうだ、スキルは発動しているんだ。ルシェはどうなった。何か効果が現れているのか？　現れてなければ、もう終わりだぞ。

死にそうになりながら祈《いの》るような気持ちで、ルシェの倒れていた場所を見た。

そこに俺の知っているルシェはいなかった。

そこにいたのは、俺と同い年ぐらいだろうか、黒髪《くろかみ》ロングヘアの絶世の美少女が立っていた。

「ううっ、お前ルシェなのか？」

「あたりまえだろ。他に誰がいるんだよ」

「ふぅふぅ、だってお前、大きくなってるんだけど」

「ああ、それはレベルが初期化されて、元の状態から弱体化していただけ。『暴食の美姫』の効果でレベルが戻ったんだ」

「うっ、それじゃあ、今のが本当の姿ってことか」

「まあ、まだ完全に元に戻ったわけじゃないが、あいつくらいならこれで十分すぎるだろ」

「は、早くしてくれ、冗談《じょうだん》じゃなく俺が死んでしまう。ううっ」

「わかったよ」

ルシェが悪魔に向けてゆっくりと歩きだす。

「おい、三下。わたしの妹にふざけた事してんじゃない。今すぐ殺してやる」

わたしの妹？　もしかしてシルのことか？　どっちかというとお前の方が妹だろ。大きくなって気も大きくなったのか。

「あなたルシェなの」

「ああ、交代だ。もう大丈夫だぞ」

「あなた誰ですか。先程まではいなかったはずですが」

「うるさい三下。喋り掛《か》けるな。空気が腐《くさ》る」

「なっ。無礼な小娘《こむすめ》が。身《み》の程をわきまえなさい」

「うるさい。士爵風情が偉《えら》そうに。お前がわきまえろ」

「もういいです。あなたが先に死になさい。『ダークメア』」

ルシェを黒い霧《きり》が覆い隠《かく》す。

「ルシェ！」

ルシェは大丈夫なのか？　完全に黒い霧に覆われてしまい全く見えない。

しばらく見ているとを霧が晴れてきたがルシェに変化は見て取れない。

「どうかしたか？　ただの霧だぞ」

「なっ。どういうことですか？　なぜ大丈夫なのですか」

「士爵《ししやく》程度の攻撃《こうげき》がわたしに効くわけないだろ」

「そんな……あなたは一体、何者なのですか」

「わたしは子爵級悪魔のルシェリアだ」

「し、子爵様？　一体どうしてこんなところに」

「お前なんかに答えてやる義理はない。私の家族に手を出した報《むく》いを受けろ！　『爆滅の流星雨』」

なんだ？　聞いた事の無いスキルだ。地響きと共にダンジョンの上部から無数の巨大《きょだい》な炎《ほのお》の塊《かたまり》が落ちてくる。

士爵級悪魔に向かって一斉に降り注ぐ。ううっ、気持ち悪い……

『ズドドドドドゥウーン』

なんか今までのスキルと桁《けた》が違う。異常な熱量と質量だ。

ルシェってこんなに凄《すご》かったのか。さすがは子爵級悪魔。ただ前振《まえふ》りが長すぎて俺はもう長くない……。

粉塵《ふんじん》が晴れてくると、そこには信じられないことにボロボロの状態の士爵級悪魔がまだ立っていた。

本物の不死身か！　これでも死なないのか？

「くっ。どうやら本物の子爵様のようですね。どうでしょうか、同じ爵位級悪魔のよしみでこの場は見逃《みのが》していただけないでしょうか。助けて頂ければそれなりのお礼はいたしますので」

「お礼って何だよ。何してくれるんだよ」

おいおい。何言い出してるんだよ。お前がおしゃべりしてる間にも俺はＨＰを削られて死にそうだ。冗談抜《じょうだんぬ》きでやばい。俺はＨＰが15を切ったのを確認して焦《あせ》って最後の低級ポーションを飲み干した。

これでまた百秒は大丈夫だが、気持ち悪さは一切《いっさい》治まらない。

「ル、ルシェ、ちょっとは俺のことも気にしてくれ。本気でやばい。もうポーションがないんだ」

「ああ、わかってるって。ところでお礼って何だ？」

おい。聞いてるのか。

「わたしにできる事なら何なりと」

「じゃあ、地獄《じごく》の宝玉　ローゼンブルをくれよ」

「い、いえ。それは無理というものです」

「う〜ん。じゃあ魔王《まおう》の宝剣《ほうけん》　ラグスレウブを取ってきてくれよ」

「いや無理ですよ。無理に決まってるじゃないですか。私はただの士爵ですよ」

「なんだ士爵って大した事ないな。じゃあおまけしてお前の魔核でいいぞ」

「ご冗談を。魔核など渡《わた》してしまえば死んでしまうでは無いですか」

「ああそうか。じゃあ死んでくれよ」

「ああっ。まともに話した私がバカでした。『ダークキュア』」

悪魔がみるみるうちにダメージから回復していく。

あ～ルシエ、だから俺には時間がないんだって。

ルシエは余裕《よゆう》でも俺には一切《いっさい》余裕はない。

あと七十秒ほどで死んでしまう。

「る～シエ。お仕置きするぞ。ふぅ、うぅ」

「わ、わかったよ。さっさとやればいいんだろ」

「ハリーアップ！」

「はいはい。わかってるって。それじゃあ消えろ！『神滅の風塵《ふうじん》』」

「ちょっとまってください。神滅？　ただの子爵に使えるようなスキルではないでしょう。あなたはいったい」

士爵級悪魔が無駄話《むだばなし》をしている間に暴風が吹き荒《あ》れ悪魔を包《つつ》み込《こ》んだ瞬間に全ての風が

中心部にむかって圧縮され、一瞬で消え去った。

風が消え去ったあとには、悪魔の姿は跡形《あとかた》も無く消え去っていた。

終わったのか。復活とかしないよな。大丈夫だよな。

一抹《いちまつ》の不安を覚えて、悪魔の居た場所を注視していたが、特に変化はない。

ううっ。こうしている間にも俺のＨＰは削られ続けている。

「ルシエ、もうダメだ。吐《は》きそう。早く『暴食の美姫』解除してくれ。ううっ」

「え～せっかく、大きくなれたんだからもう少しこのままでいようかな～」

「おいっ。冗談言ってる時間はないんだよ。死ぬ。死んじゃう」

「え～別に冗談じゃなくて本気なんだけど……」

「いやルシエ、あと二十秒しかない。会話の時間が勿体《もったい》ない。急いでくれ」

「まあ、このまま三十秒ほっとけばわたしは晴れて自由になれるんだよな。ふふふっ」

「なっ。お前、本気か、本気で言ってるのか？」

「ルシエ、ご主人様をいじめるのはそのぐらいにしておきなさい」

「ふふっ。わかってるよ。冗談だって。そんなことするわけないだろ。ちょっとからかっただけだ」

「いや、あと二十秒しかない。命をかけた冗談なんか必要ないから、早くしてくれ。うううぅっ」

「しょうがないな〜わたしのこと見直したか？　これからはシルと同じように優《やさ》しくしてくれるか？」

「するする。するから早く頼《たの》む。あと十五秒しかない」

「約束だぞ。絶対だからな」

そう言うとルシェが閃光《せんこう》につつまれて、そこにはいつものルシェが立っていた。

やばかった。あと十秒しかなかった。

何《いず》れにしても俺のHPはあと5しか残っていない。死んではいないが虚脱感がすごい。

本当に終わった。

オルトロスだけでも大変なのに連戦で士爵級悪魔。

ちょっともう無理。

さすがにしばらくはモンスターと戦いたくない。

「あっ」

やばい。シルとパーティメンバーをほったらかしていた。大丈夫だよな。

「シル、大丈夫か？」

「もちろん大丈夫です。さすがにちょっと疲れましたが、お腹《なか》がいっぱいになれば大丈夫です」

「わたしにもいっぱいくれよ」

え～ルシエお前も？　散々俺のＨＰを吸い取ったじゃないか。

結局手持ちの魔核をほとんど渡す事となってしまったが、帰りのこともあるので、手元に十個だけ残してもらった。

残りのメンバーに目を移して駆《か》け寄ってみると、全員気絶しているだけのようで、間違いなく息はある。

まずは順番に身体を揺《ゆ》すって意識を戻してもらう。

「ううっ。海斗、あいつはどこに行ったの？」

「大丈夫だ。なんとかルシェが倒《たお》してくれた。それよりもみんなを回復させたいんだ。ポーションは持ってるか？　あったらすぐ使ってくれ」

そう伝えると、ミクはすぐにマジックポーチから低級ポーションを取り出して一気に飲み干した。

スナッチも意識を失い倒れているのでミクが起こし、低級ポーションを与えると元気になった。

同じ要領で残りの二人も起こしてから各自の低級ポーションを摂取《せっしゅ》してもらった。

「助かったのか。よくあの悪魔《あくま》を倒せたな。もうダメかと思ったぞ」

「まあ、ルシェのスキルでなんとか勝てました。俺は、もう、ちょっとダメかも……しれません」

「海斗、げっそりしてふらふらじゃないか、ポーションが無いのか？　よかったら私のを使ってくれ」

「ああ、ありがとうございます。もうちょっとで死にそうなんで有り難《がた》く使わせてもらいます」

あいりさんから渡されたポーションを飲み切ったが、四本目のポーションはさすがにお腹が苦しい。

ポーションのおかげでようやく落ち着いてきたのでステータスを確認するとLV18になっていた。HPも全快していたが、なぜか全身の倦怠感《けんたいかん》は抜けていない。やはりルシェの『暴食の美姫』はHPだけではなく俺の生命そのものを吸っているのかもしれない。

まあ、今回は、そのお陰《かげ》で助かったので何も言えないが……。

しばらくするとシルとルシェも発光を始めた。

どうやら、オルトロスと士爵《ししやく》級悪魔を倒したお陰で二人もレベルアップしたようだ。

「これはいったい」

シル達《たち》の発光現象を初めて見るメンバーはさすがに戸惑《とまど》いを隠せない。

「ああ、大丈夫だよ。レベルアップしただけだから」

「レベルアップ。そういえば、私もレベルアップしたようだ」

「私もレベルアップした」

「わたしもしたのです」

おおっ。全員レベルアップいや一匹《ぴき》してないのか？　慌ててスナッチの方を見るとかすかに光ってるような気がする。

これは文句無しで全員レベルアップしたようだ。さすがにあの二体の経験値は相当なものだったようだ。

ステータスを確認してみる。

LV　17→18
HP　57→65
MP　38→40
BP　60→66
スキル

スライムスレイヤー
ゴブリンスレイヤー（仮）
神の祝福
ウォーターボール
苦痛耐性《たいせい》（微《び》）　NEW

おおっ。HPが8も増えている。その代わりにMPは2しか増えていないのでかなり偏《かたよ》りがある。

可能性としては先ほどの戦いで何度もHPが枯渇《こかつ》しかけたので補完するように上昇《じょうしょう》したのかもしれない。

これで『暴食の美姫』を使用しても十六秒長生きできる。

おまけに新しいスキルが発現している。『苦痛耐性（微）』なんとも言い難いスキルだ。読んで字のごとく苦痛への耐性が微弱《びじゃく》に上がるスキルのようだが、これで少しは『暴食の美姫』に耐《た》えられるようになるのだろうか。

続いてルシェだが、

種別　子爵《ししゃく》級悪魔
NAME　ルシェリア
LV　2→3
HP　80→93
MP　138→159
BP　143→165
スキル
破滅の獄炎
侵食《しんしょく》の息吹《いぶき》
暴食の美姫
装備　魔杖《まじょう》　トルギル　魔装　アゼドム

さすがのステータスでMPとBPの伸びが著《いちじる》しい。見た目は……髪《かみ》が伸びた？　う～ん。変わっているようなはとんど変わっていないような。

最後にシルのステータスだ。

種別　ヴァルキリー

NAME　シルフィー
LV　2→3
HP　140→160
MP　105→118
BP　190→216
スキル
神の雷撃《らいげき》
鉄壁《てっぺき》の乙女《おとめ》
戦乙女の歌　NEW
装備　神槍《しんそう》　ラジュネイト　神鎧　レギネス

おおっ。大幅《おおはば》にBPが上昇している上に新しいスキルが発現している。

戦乙女の歌　……パーティ全体のステータスを一時的に上昇させる。上昇する数値は対象者との信頼度《しんらいど》に依存する。

これは、支援《しえん》系のスキルの様だがパーティ全体に効果ありとなっているので、かなり期待できるのではないだろうか。

他のメンバーもそれぞれレベルアップしたようだが、何とそれぞれがスキルを発現したようだ。

パーティメンバーのスキルは今後の為《ため》にも情報共有した。あいりさんのスキルだが、

『斬鉄撃《ざんてつげき》』……MPを消費して一撃の威力が上昇する。

なんか名前が斬鉄剣の親戚《しんせき》みたいでカッコいい。薙刀《なぎなた》の威力がアップするらしい。斬鉄なので今まで厳しかったゴーレムとかにも有効かもしれない。

次にミクのスキルは、

『幻視《げんし》の舞《まい》』……敵に一定の確率でまぼろしを見せることが出来る。まぼろしについてはスキル保有者のイメージによる。

なんかこれもバトルには凄く有効なスキルに思える。今までスナッチに戦闘《せんとう》の多くを依

存してきたミクだが、これで支援役として活躍《かつやく》できるのではないだろうか。

次にヒカリン。

『アイスサークル』……一定範囲内《はんいない》を凍《こお》らせることができる。有効範囲《はんい》は発動者の能力に依存する。

説明だけではっきりしない。攻撃にも使えそうだが、『アースウェイブ』と併用《へいよう》もしくは進化版のような使い方ができるのではないだろうか。ただでさえ有用な『アースウェイブ』の進化版だとしたら、バトルでは絶大な効果を発揮するはずだ。

最後にスナッチ。

『ヘッジホッグ』……鋼鉄製のニードルを撃《う》ち出すことができる。

風の刃が通じないような、硬《かた》い敵にも効果がありそうだ。間違《まちが》いなく火力アップになっている。

今回の発現したスキルをみると、どうやらスキルは完全ランダムで発現するわけではない気がする。

先程《さきほど》の戦いで、不足していた部分を補うようなスキル構成になっている。

それまでの戦い全てなのか、レベルアップ直前の戦いかはわからないがスキルの発現において強い影響《えいきょう》を受けているような気がする。

いずれにしても全員無事。結果的に全員レベルアップ。おまけにルシェ以外は有用なスキルが発現したので、結果だけ見ると今回の戦いは大成功と言えるかもしれない。

しかし、一番頑張《がんば》った気がするルシェだけスキル発現しなかったのは、あの悪魔スキルを使ったせいなのだろうか？　確かめようもないので、たまたまだった事にするしかない。

激闘《げきとう》を終え、パーティメンバーの回復をおこなってからその場で休憩《きゅうけい》をとる。

ただ、俺は低級ポーションを飲んでＨＰは完全に回復したが、異常に身体《からだ》が重い。どうやらルシェの悪魔スキルの影響か、ＨＰやＭＰとは違《ちが》う疲労《ひろう》があるようだ。

休憩してみても、これ以上回復しなさそうなので、地上に戻《もど》ろうと思うが、その前にオルトロスと士爵級悪魔のドロップを確認しなければならない。

まずオルトロスが消失した跡《あと》を見たが魔核が残されていた。

しかしただの魔核ではない。大きさが今までで一番大きく、しかも色が深緑色をしている。

こんな色は初めてなので高額買取かもしれない。おまけに大きさが俺の頭ぐらいある。色付き魔核でこの大きさ、以前七百万で売れたものより高額な気がする。ちょっとやばいかもしれない。

「何ニヤニヤしてるんだよ。気持ち悪い」

しまった。顔に出ていたらしい。ルシェも目ざといな。

真顔に戻してから、今度は士爵級悪魔のいた所に目をやると、

「おおっ。あれってあれだよな」

「それ以外ないだろ」

そこには、シルとルシェを顕現《けんげん》させたのと同じサーバントカードが落ちていた。

普通に考えたら、あの士爵級悪魔がカード化されたのかなとは思うが、スライムからシルとルシェがドロップされた事を考えると、そこに因果関係はないのかもしれない。

できる事なら次は天使とかがいい。ドラゴンでもいいけど。

俺は他のメンバーも集めてから、カードを手にとってみることにした。

頼む。

出てくれ。

うう〜。

このやり取りも三回目となるが、俺は思い切って手にとったカードを見た。今まで二回は大当たりだった。

「あぁ……」

周りのメンバーからもため息が漏《も》れた。

そこに映っていたのは、先程まで戦っていた士爵級悪魔の姿だった。

種別　士爵級悪魔
NAME　ベルリア
LV　1
HP　70
MP　85
BP　90
スキル
ダークキュア
装備　魔鎧　シャウド

「あれっ？」

ステータスこそシルやルシェには劣っているが、それでもLV1でこの数値はかなりのものだろう。

問題はそこではない。明らかにおかしい。

なぜかスキルが『ダークキュア』一つしかない。俺達《おれたち》との戦闘では他のスキルも使っていたはずだ。

おまけに武器を装備していない。騎士《きし》なのに剣《けん》を持っていない。これはもしかして俺が武器を破壊《はかい》したからか？

武器を持たず、回復系スキルしか持たない。おっさんのくせに完全に支援系じゃないか。

そもそもこの『ダークキュア』って人間に使っても大丈夫なスキルなんだろうか？

なんか名前だけ見ると、悪魔以外に使うと毒にでも侵《おか》されそうだけど。

周りを見ると、みんな考えている事は同じのようで、一様に微妙《びみょう》な表情を浮《う》かべている。

「みんな、このカードどうする？　売った方がいいかな」

「私は海斗が決めるのがいいと思う。この悪魔を倒したのも実質ルシェ様と海斗だからな」

「私もサーバントはスナッチがいるから必要ないし、海斗に任せる」

「わたしはちょっと自分では使えないのです。生理的に厳しいです。海斗さんが使ってみればいいのでは」

どうやら、みんなは積極的に使いたい訳ではないらしい。

おそらく、このおっさんの風貌《ふうぼう》と、殺されかけたトラウマにも似たものが忌避《きひ》感を生んでいるのかもしれない。

俺としても悩《なや》みどころだ。サーバントカードはそもそも希少だ。ルシェには劣るとはいえ士爵級悪魔だ。戦力的には申し分ない。

「う～ん」

支援職《しえんしょく》と化した士爵級悪魔のおっさん。悩んでしまう。

シルとルシェの時は金額がどんなに高額であっても、それ以上にビジュアルに魅力《みりょく》を感じてしまい、顕現させて今に至っている。

しかし、数千万円とこのおっさん悪魔を比較《ひかく》した時にシル達の時のようなトキメキと期待感は薄《うす》い。

スキルを使用したルシェ以外は歯が立たなかったので、レベルアップすれば超強力《ちょうきょうりょく》なのは間違いないが悩む。

「う～ん」

どうしたものだろうか。やっぱり売るか。売るしかないか。売ってしまっちゃうか。売ろう。

「おい、そのサーバント売ってしまおうかと思ってないか？」

「ああ、まあそれがいいかなと思ってるんだけど」

「そんな奴《やつ》でも一応士爵だからな。騎士だから忠誠心は高いと思うぞ。前衛に使ってやってもいいんじゃないか」

「う～ん。ルシェ、そうはいってもな～、忠誠心ね～。あんまりピンとこないな。そもそもこいつ武器持ってないんだけど、前衛できるのかな」

「あれだけわたしたちとやれたんだから問題ないだろ。なっ」

どうやらルシェは売るのに反対らしい。気は乗らないが、一応倒したのはルシェだから、無下にもできないか。

「一回召喚《しょうかん》して使ってみればいいだろ。なっ」

「そうだな～」

ルシェの提案に気持ちが揺れる。ルシェのいうように一度使ってみて判断しても遅《おそ》くはないか。だけど、頭の片隅《かたすみ》で何かが引っ掛かっているような気もするけど、なんだったか思い出せない。まあ思い出せないくらいだからそれ程《ほど》重要なことではないんだろう。

「みんなもそれでいいかな」

みんなの同意を得てからカードを額に当て、

「ベルリア召喚」

召喚と同時に発光して子爵級悪魔ベルリアが顕現した。

「マイロード、ベルリア召喚に応じ馳《は》せ参《さん》じました。永遠の忠誠を誓《ちか》います」

おいおい、お前もか。

そこにいたのはおっさん悪魔ではなく、ただの子供。小さな角が生えているので悪魔には違いないが、もしかしたらシル達よりも小さいかもしれない。

しかもマイロードってなんだよ。いったい誰《だれ》のことだ。

「姫《ひめ》、姫様の為にも身を粉にして働きますのでよろしくお願いします」

姫？　いったい誰のことだ？　姫なんかいないけど。

「ああ、まあよろしくな」

ルシエ、お前のことか。お前いつから姫になったんだ。姫ってもっとお淑《しと》やかなものじゃないのか？

「ぷふっ」

予想外のやりとりにちょっと笑いが漏れてしまった。

「おい、なんで笑うんだよ、失礼な奴だな」

「いやだって、姫様って。ちょっと可笑《おか》しくてな。ごめんごめん」

「お二人は本当に仲がいいんですね。羨《うらや》ましいです」

ベルリアが話しかけて来るが、嫌《いや》みな感じは全くなく、本気で羨ましがっているようだ。

「ねえ、あれって、さっきまでのあの悪魔なのよね」

「ええ、全然違いますね。むしろ可愛《かわい》いのですけど」

「確かに可愛いが、大きくなったらああなるんじゃないか」

「大きくならない方が絶対にいいですね」

「そう思います」

「それはそうとベルリア、ちょっと聞いてもいいか」

「はい、なんでしょうか」

「お前武器はどうした、騎士だろ」

「いえ、私に聞かれてもわかりません。なぜかなにも持っていません。是非《ぜひ》とも魔剣《まけん》をお与《あた》えください。貴方《あなた》の剣として頑張ります」

「いや、魔剣は一本しかないからやれない。また今度拾ったらな。それとスキルもなんで一つしかないいんだ？」

「それは、レベルが初期化されていますので、そのせいだと思われます」

「スキルの『ダークキュア』なんだけど人間にも効果あるのか?」

「申し訳ございません。人間相手に『ダークキュア』を使用したことがないので、使ってみないと効果はわかりかねます」

ああ、これは俺《おれ》が実験台になるしかない奴だな。

スキルがこれしかないので使えるかどうかの確認は必須《ひっす》だ。とりあえずもしもの時の為にポーションを買い揃《そろ》えてから臨《のぞ》みたい。呪《のろ》いとか、かかってもポーションでなんとかなるんだろうか。そもそも呪われるとどうなるんだろう、不幸にでもなっていくんだろうか。寿命《じゅみょう》が縮むのとかは勘弁《かんべん》願いたい。

「ちょっと明日、スキルとかの検証をしてから、処遇《しょぐう》を考えようと思うんだけどみんなもそれでいいかな」

「ちょ、ちょっとお待ちください。処遇とはどういう意味でしょうか? ま、まさか手放す気なのですか。私はもう貴方を主人として認めてしまいました。姫様もおられますし、私の居場所はここ以外はあり得ません。お願いします。どうかお願いします」

こいつってこんなキャラだったのか? なんか俺が悪者みたいじゃないか。悪魔に悪者扱《あつか》いされる俺っていったい……

第三章 ベルリア

俺は今ダンジョンマーケットにきている。

放課後に使い果たした低級ポーションを補充《ほじゅう》しにきたが、念《ねん》の為一個増量して四個購入《こうにゅう》した。週末にオルトロスの魔核《まかく》を売却予定《ばいきやく》であるとはいえ、かなり痛い出費だ。

今日は、疲労感が抜《ぬ》けきらないのでこのまま帰って明日ベルリアの能力をダンジョンで試《ため》してみようと思う。万が一変な効果があってメンバーを巻き込んではいけないので、明日は一人で潜《もぐ》ることにした。

普段《ふだん》はすぐに眠《ねむ》れるのだが、ちょっと緊張《きんちょう》して眠れない。もしも、明日やばい呪いにかかったら、シルとルシェになんとかしてもらうしかない。『暴食の美姫《びき》』で成長したルシエならきっとなんとかしてくれるはずだ。きっとそうに違いない。そうであってほしい。

悶々《もんもん》としながらも次の日の朝を迎《むか》えたので学校に向かい、眠気《ねむけ》を振《ふ》り払《はら》いながら授業に集中する。

最近ダンジョンで今までよりもレベルの高い戦いを繰《く》り広《ひろ》げている影響か、集中力が増して、成績も若干《じゃっかん》上向いてきている。

今のところ、この感じがうまくいっているので、今の生活のペースを保っていきたい。

しっかりと授業を聞いて放課後を迎えたので、遂《つい》にベルリアの検証のために九階層に向かう。

「ベルリア、それじゃあ今日はお前の力を見せてくれ」

「マイロード、申し訳ないのですが武器を賜《たまわ》れないでしょうか。これでも騎士なので無手で殴《なぐ》りあうのはあまり得意ではないのです」

「そういうこともあるかと思って用意しておいたぞ。どちらでも使ってくれ」

「こ、これは一体なんでしょうか？」

「ああ、俺が以前使っていたものだけど遠慮《えんりょ》なく使ってくれ」

「は、はあ。大変有《あ》り難《がた》いお言葉ですが、これは一体……」

「俺の愛用していた木刀とタングステンロッドだよ」

「あの、もう少し剣のような武器はないのでしょうか？」

「ああ、これしかないんだ。どっちがいい？　二刀流でもいけるなら、両方使ってもいいぞ」

「そ、そうですか。それではその金属棒でお願いします。さすがに木剣《ぼっけん》は難しいので」

「そうか。じゃあこれ渡しとくな。それじゃあ頼んだぞ」

タングステンロッドをベルリアに渡してシルに敵を探してもらう。

「そういえば、お前って敵の探知ってできないのか？」

「申し訳ございません。探知できませんが気配ならわかります。必ずお役に立ちます」

やっぱり、妙《みょう》にアピールしてくるな。

まあ悪い感じはしないのでとりあえずスルーしておく。

「ご主人様、先にモンスターが二体います」

「ベルリア、一体は俺が受け持つからもう一体をお願いできるか？」

「いえ、通常のモンスター如《ごと》き私一人で大丈夫《だいじょうぶ》です。マイロードはゆっくり後方で見物しておいてください」

「本当に大丈夫か？　まあ何かあったらすぐ手伝うから」

「ありがとうございます。それでは早速倒《さっそくたお》してまいります」

そう言うとベルリアが敵に向かって駆けていく。

「ん？」

普段シルの速攻《そっこう》を見ているせいか、少し遅いような気がする。まあそれでも俺よりは、確実に速い。

後方からついていくとそこには、ホブゴブリンが二体いた。

敵もベルリアに気付いて斬《き》りかかってくる。ベルリアも敵の攻撃《こうげき》をタングステンロッドで受け止めて、一体に向けて薙《な》ぎ払う。

タングステンロッドなので斬れる事はなく、ホブゴブリンが少し弾《はじ》き飛ばされた。

「ん？」

普段シルの神槍での攻撃を見慣れているせいか、なんか迫力《はくりょく》に欠ける。それでも俺ではタングステンロッドでホブゴブリンを吹《ふ》き飛ばす事はできないだろうから俺よりは凄《すご》いな。

ベルリアはそのまま追撃《ついげき》をかけホブゴブリンの頭を粉砕《ふんさい》して一体撃破《げきは》した。

もう一体のホブゴブリンの攻撃をいなして連撃を加える。

軽《かろ》やかに五連撃を放ってホブゴブリンを消滅《しょうめつ》させた。

「ん？」

確かに素晴《すば》らしい攻撃だったが、五連撃のすべてが俺でも認識《にんしき》できた。

一昨日戦った時は全くと言っていいほど、剣尖《けんせん》が見えなかったので明らかにスピードが遅くなっている。それに、タングステンロッドとはいえ倒す迄《まで》に五撃はちょっとかかりすぎている気もする。

「マイロード、いかがでしたでしょうか？　これでお役に立てる事が証明できたと思います。是非これからも私をお使いください。貴方の剣となって戦います」

ちょっと戦闘力《せんとうりょく》は微妙な気がするが悪い奴ではないような気がしてきた。

ただ一昨日戦ったあの士爵級悪魔からすると、かなり物足りない。今でも十分に強いともいえるが、一昨日の姿からするとかなり弱体化している。

「ベルリア、頑張ってくれたのはわかるんだけど、この前戦った時と比べるとちょっと弱くなってる気がするんだよなぁ。特に剣術《けんじゅつ》がなあ」

「い、いえそれは、レベルが1になってレベルに合わせた肉体になってしまっているからです。もともと私は後衛だったのですが、努力を重ねて騎士に上り詰《つ》めたのです。剣術もレベルアップと共に上達します。武器も魔剣さえ頂ければもっとやれます。お役に立ちます。頑張ります」

「どうしてそんなに此処《こ こ》にいたいんだ。別に此処でなくてもいいんじゃ無いのか？」

「いえ、此処にいさせてください。マイロードに我《わ》が剣を捧《ささ》げましたし、ルシェリア姫のお役に立ちたいのです。もちろんシルフィー姫の為にも頑張ります」

「えっと、シルフィー姫ってなに？　いつから姫になったんだ」

「ルシェリア姫の妹君なのですから当然シルフィー様も姫とお呼びするべきだと思いまして。皆《みな》さまの剣となって頑張ります」

「ああ。そうなんだ」

やっぱり悪い奴ではなさそうだな。ただ、俺に剣を捧げたって、お前、剣持ってないじゃないか。

まあ戦力として悪くはないと思うけど数千万円の価値があるかと言われると難しいところだ。

次にメインとも言うべきスキルの検証なのだが、これは俺が怪我《けが》をするか、体力を大幅に削《けず》ってみるしかないが、あまり怪我はしたくない。どうしたものだろうか。

とりあえず体力を減らす為に、とにかく敵と戦って、それ以外はダッシュを繰り返してみる事にした。

強化されたステータスを以《もっ》てしてもダッシュを繰り返すと、かなり体力を削られるようで確認《かくにん》するとみるみる内にＨＰが減っていっている。

ＨＰが40まで低下したのでそろそろ頃合《ころあ》いかと思い、覚悟《かくご》を決めてベルリアに指示をする。

「ベルリア、俺に『ダークキュア』をかけてみてくれ。シルも、もし俺に異常が出たらポーションを飲ませてくれ。それでもダメなら地上付近まで運んでくれ」

「かしこまりました。ご武運を」

別に武運とかじゃないんだけどな。そんな言い方されると余計不安になってしまう。

「マイロード、それではいきます。『ダークキュア』」

ベルリアがスキルを俺に向けて発動する。

一瞬《いっしゅん》、黒っぽく光った気もするが、特に何も変化はない。普通《ふつう》に動けるし、頭もはっきりしているが、体力が回復したような気もしない。

念の為にステータスを確認すると、
HP　40→44
う〜ん。一応回復しているのか？　自然回復も1ぐらいはありそうなので実質3ぐらい回復したのか？

HP3の回復。微妙過ぎる。ポーションをちょっとだけ舐《な》めたぐらいだろうか。

「ベルリア、ちょっといいか。一応俺の体に悪影響《あくえいきょう》は無いようだけど、HPが4しか回復してないんだ。『ダークキュア』ってこんなもんなのか？　前は体に空いた穴まで塞《ふさ》がってたんだけど」

「い、いえちょっとお待ちください。『ダークキュア』はあくまで怪我を治すのがメインなんです。体力は死なないように少し回復するだけなんです。今度は怪我に試させてください、お願いします」

「そうなのか。怪我な～」

そう言われても正直そんな都合よく怪我するはずが無い。わざと矢や石に当たりにいく勇気はない。どうしようかな。

そういえば腕《うで》に虫刺《むしさ》されがあったはずだが、今見ると治っているような気もしなくも無い。

かなり悩んでみたが、意を決してバルザードでほんのすこしだけ指先を切ってみる事にした。

「今からちょっとだけ指から血を出すから、治してみてくれ」

「はい。もちろんです」

バルザードで指先をちょっと切るのも結構勇気がいる。映画とかでは、かっこよくスパッと切ったりしているが、やっぱり痛いのは嫌《いや》だ。

恐《おそ》る恐る、皮一枚分だけちょっと切り込《こ》んだ。

チクッと刃物《はもの》で切れる痛みを感じたが、大丈夫なふりをしてベルリアに手を見せてスキルを発動してもらった。

『ダークキュア』

「おおっ」

すぐに指先の痛みが消え、少しだけ出ていた血も綺麗《きれい》さっぱり消失している。さっき傷つけた指が完全に治っている。

どのぐらいの怪我までいけるのかは確認が必要だが、結構すごいんじゃないだろうか。

おまけに体には何の変調もきたしていない。かなり心配したが本当によかった。


火曜日にベルリアの検証をする為ダンジョンに潜ったものの、まだ本調子とはいかないので水木金の三日間は、思い切って放課後の探索《たんさく》を休む事にした。

ベルリアだが、強いのは間違いないが、どうやら騎士のくせにもともと前衛ではなかったらしく、今の段階ではそこまでの力はない。ただし唯一《ゆいいつ》のスキル『ダークキュア』は俺にも効果があった。

最初はＨＰが回復するものとばかり思っていたので『暴食の美姫』と合わせてＭＰが続く限り無限ループで使用できるかもと密《ひそ》かに期待していた。だからといって『暴食の美姫』の使用時の苦痛とその後に言い表せない倦怠感《けんたいかん》があるので、もともと頻発《ひんぱつ》させられるものでもないのだが、残念ながら当ては外れてＨＰは微弱に回復するだけだった。

そのかわり、どうやら怪我や傷が治るようなので、これはこれで素晴らしい効果だった。

まだ大怪我《おおけが》には試してないのでいまいち真価はわからないが、低級ポーションの使用をかなり抑《おさ》えられると思われる。もしかしたら怪我の治癒《ちゆ》に関しては中級ポーションに届くかもしれない。

ただしスキルを使用すると、シルたち同様お腹《なか》が空くようで魔核を消費する必要があった。

とりあえず、週末にメンバーに話してベルリアも使って見ようかと思っているが、能力云々《うんぬん》ではなく、ちょっとベルリアの必死な感じとキャラクターにシンパシーを感じてしまった。

正直今の状態のベルリアが努力して、あの強さまで至った事に尊敬の念と憧憬《しょうけい》の念さえ覚えてしまう。

そして最大の理由がサーバントカードを一度使用してしまうともう売り物にならない。もう俺にしか使えなくなってしまっているという点だ。

あの時の俺はそのことを完全に忘れてしまっていた。

激闘で舞《ま》い上がっていたのか、そもそも頭の中でサーバントカードを手放すという概念《がいねん》がなかったのか、完全に失念していた。

ベルリアを召喚する時にずっと頭の片隅でなにかが引っかかっているような感覚があった。あれの正体はこれだった。

昨日の夜、その事に気がついて思わず絶叫《ぜっきょう》してしまい親に怒られてしまった。

やってしまったものは仕方がない。時間を巻き戻せない以上ベルリアにもしっかり活躍してもらうしかない。


朝になり、いつものように学校へと登校している。

「おう」

「「おう」」

いつものように真司《しんじ》と隼人《はやと》に挨拶《あいさつ》を済ませて、最近日課となっている春香《はるか》への挨拶をする。

「春香おはよう」

「うん。海斗《かいと》おはよう。今日も元気にいこうね」

はい。もちろん元気いっぱいでいきますよ。本当はちょっとだるいけど。

「真司、そういえばダンジョンの方、結構潜ってるのか？」

「ああ、隼人とほぼ毎日潜ってるぞ。最近調子も出てきて楽しいんだ。海斗は今どこらへん？」

「ああ俺は今九階層に潜ってるところだよ。ちょっと体調不良で今週は休んでるけどな」

「九階層か。やっぱり進んでるな。さすがだよ」

「それはそうとお前ら今どの辺なんだよ。三階層には行けたのか？」

「ああ、三階層はだいぶん前に卒業してな、今は六階層で探索しているところだ」

「え？　六階層？　マジで言ってる？　お前ら二人だけで六階層まで行ってるの？」

「ああ、なんか三階層行ったらコツをつかんだみたいでその後は結構サクサク行けるようになってな」

「そ、そうなのか。ちなみにレベルは幾《いく》つなんだ？」

「今二人とも12だよ」

「レベル12!?　お前らちょっとすごくないか。俺と潜ってからどれだけも経《た》ってないだろ。何でそんなに急激にレベルが上がってるんだよ」

「いや、たまたま二人ともＬＶ８の時に経験値系のスキルを手に入れてな。それからは結構サクサクレベルも上がって順調なんだ」

経験値系のスキル。二人ともそんなチートスキルを手に入れたのか。別に二人を妬《ねた》むつもりは一切《いっさい》無い。無いが、自分には無いチートを手に入れ、急激に自分の位置に近づいてきている二人を目《ま》の当たりにして正直羨ましい。羨ましすぎる。俺も欲《ほ》しい。経験値系のスキルが欲しい。

「良かったら今度一緒《いっしょ》に潜ってみてもいいか？　二人がどこまで成長しているのか見せてくれないか」

「もちろんいいぞ。よかったら今日にでも行くか？　いいよな隼人」

「もちろんいいぞ。成長した俺らの姿を見せられるいい機会だからな。張り切って頑張るぜ」

「ああ、じゃあ今日の放課後お願いするよ」

興味が勝ってしまい体調不良のための休養を完全に無視して返事をしてしまった。

二人の今の力が気になって仕方がなかった。もしかしたら、すぐに追いつかれるかもしれない。

ちょっとした焦《あせ》りと、もしかしたら一緒に探索を進められるレベルに近づいてきているかもしれないという期待を胸に放課後を待つ事にした。

放課後になったので三人でダンジョンへと向かい、さっそく六階層に潜っている。

「真司、お前らの武器って何を使ってるんだ？　一応連携《れんけい》取らないといけないから戦い方を教えておいてくれよ」

「俺たち二人ともピストルボウガンを使ってるんだ。海斗の真似《まね》だな。後は俺がこれと隼人が槍《やり》だ」

真司が持っていたのは金属製の大きな槌《つち》だった。

「そんな重そうなやつ使えるのかよ」

「ああ、なんか俺パワータイプみたいでレベルアップしてから、結構普通に使えてるんだよね」

「そうなんだ。それじゃあまず二人だけでいつも通り戦ってみてくれよ。危なかったら俺も参戦するから」

「ああわかったよ。じゃあ行くか隼人」

しばらく三人で歩いているとトロールが二体出現した。二人だけだと結構強敵の筈《はず》だが大丈夫なのか？

心配しながら見ていると、真司が『アースバレット』と唱えて石の塊《かたまり》を発現させトロールに命中させる。

「まさか魔法《まほう》か！」

怯《ひる》んだトロールに向けて隼人が槍で攻撃して撃退《げきたい》する。

二対一の状況《じょうきょう》を作ってから、今度は隼人が槍で牽制《けんせい》しながら、真司が死角から槌をトロールにめり込ます。

そのまま二撃目を急所に加えてあっさりとトロールに勝ってしまった。

「おいおい、すごいな。連携もバッチリだし、魔法まで使えるようになったんだな。いくらなんでも成長しすぎじゃないか？」

「そう言われると嬉《うれ》しいけど、前に一緒に潜った時に差がありすぎたからな。ちょっとでも真似できないかと思ってやってたら、急に強くなったんだ」

「まあ、もうちょっと見ててくれよ。これで全部じゃないんだよね」

意味深な言葉を残した二人と一緒に更《さら》に探索を続けると今度は、前方から突然《とつぜん》矢が飛んできた。

おそらくオーガだろう。

遠距離《えんきょり》の敵にどう戦うんだ？

真司がアースバレットを唱えて反撃《はんげき》する。

『アースバレット』

『必中投擊』

隼人がスキルを発動して手に持っていた槍を投げたと思ったら、凄い勢いで飛んでいってオーガに見事に命中し撃破した。

真司は『アースバレット』を連発して、もう一体のオーガを倒《たお》してしまった。

「おいおい、隼人もスキルが使えるのか？　さっきのスキルなんなんだよ」

「ああ、あれは『必中投擲』って言って、スキル発動して武器を投げると命中率が上がるんだ。今まで外れた事はないな」

「それってすごくないか。二人ともすごいな。正直予想以上で驚《おどろ》いた」

「まあ海斗に比べると、まだまだだけどな。追いつけるように頑張《がんば》るよ。それはそうと海斗は今9階層を回ってるんだよな？」

「ああ、俺は九階層を回ってる所だな。ちょっとイレギュラーなことがあって今は休憩《きゅうけい》中だけどな」

「九階層か。じゃあそこまでのアドバイスをなんかくれないか」

「そうだな。まず七階層のゴーレムが硬《かた》いから、真司の槌は通用しそうだけど、隼人の槍はそのままだと厳しいかもしれない。もっと威力《いりょく》のある武器が必要かもしれないな。あと『アースバレット』って色々速さとか、大きさとか、硬さとか試してみた？」

「え？　魔法って改造できるもんなの？」

「ああできるぞ。飛ぶスピードも調整できるし、たぶん大きさも出来る。石だからもしかしたら形や硬さも変えられるかもしれない」

「そうなのか。じゃあ後でやり方教えてくれよ」

「わかった。あと隼人のスキルなんだけど槍じゃなくても使えるよな。メインの武器を投げちゃうと、そのあと苦労するから投擲《とうてき》用の投げナイフとか手裏剣《しゆりけん》みたいなのを用意した方がいいと思う。八階層に魚群とか群れで出る敵がいるから、相当数用意しておいた方がいいぞ。あと魚群探知機は必須だ。説明書は端《はし》から端まで必読な。最後にやばかったらとにかく逃《に》げろ」

「やっぱり先輩《せんぱい》の言う事は為《ため》になるな」

「ああ、今まで人に見てもらうことがなかったから自分たちだと気づかないもんだな」

「役に立てたんだったらよかったよ」

想像以上に、二人が成長していて驚いたが、俺の経験が役に立ったならよかった。もうドローンによる被害者《ひがいしや》は出したくない。

昨日、真司と隼人の実力を見させてもらったので、今日は俺のアドバイスを実践《じつせん》するために三人でいつもの訓練スペースにきている。

「海斗、いつもこんな所で練習してたのか？　たしかにここならだれにも邪魔《じやま》されなさそうだ」

「ああ、本当にすごいな。ダンジョンでマイスペース見つけて一人で訓練なんて、なかなかできることじゃない」

「そうか？　普通だと思うけどな」

「いや、普通ではないだろ」

時間がもったいないので、さっそく真司の『アースバレット』を色々試してみる。

「真司、まず一番簡単なのがスピードの調整だから、とにかく遅く飛ぶようにイメージして撃《う》ち出してみてくれよ」

「ああ、わかった。やってみるぞ。『アースバレット』」

少し飛ぶ速度が遅くなった気はするが、いまひとつだな。

「もっと、遅いイメージを持って飛ばしてみてくれ」

「これでどうだ。『アースバレット』」

「おおっ。やった」

今度は明らかにさきほどより遅くなった。

「じゃあ、今度は速く撃ってみてくれ」

『アースバレット』

コツを掴《つか》んだのか明らかにスピードが増している。

「海斗、やったぞ」

それじゃあ今度は形だな。

「尖《とが》ってる方が有効な場合が多いから見ててくれよ。『ウォーターボール』」

俺は氷の槍を出現させて前方の壁《かべ》へと射出する。

「俺の魔法も元々は玉だったんだけど、今は槍状にしてる。真似してみてくれよ。さっきの氷の槍の形状を頭で強く思《おも》い浮かべてから放つんだ」

『アースバレット』

玉ではなくなっているが形成が不十分だ。

「イメージが足りないんだ。もっと鮮明《せんめい》に思い浮かべてから放ってくれ」

『アースバレット』

ちょっと尖ってきた感じがする。

「海斗、そろそろMPがきつい。あと一発で終わりたいんだけど」

「ああごめん。それじゃあ、形は後日特訓してくれ。このままやればすぐにできるようになると思うから。最後は硬度《こうど》を変えてみようか。『アースバレット』は俺の『ウォーターボール』と扱《あつか》い方《かた》が似てるからここまではスムーズだったけど、次は俺ではダメだったやつだ。氷と水の俺は無理だったけど、土と石なら可能性があると思う。金属も石とか土の仲間だから、うまくいけば、金属並みの硬度が出せるんじゃないかと思うんだ」

「まじか。石が金属になるのか？　どうすればいいんだ？」

「俺も出来なかったから合ってるかはわからないけど、とりあえず高硬度の鉄を思い浮《う》かべて、溜《た》めるイメージで意識をしばらく集中させてから放出してみてくれ」

「う～。『ア～ス～バレ～ット～』」

溜め方が独特だがちゃんと魔法は発動した。

いびつな形の石の玉が、壁に向かって飛んでいき壁にぶつかって霧散《むさん》した。

「どうだった？　もう無理だぞ」

「う～ん。正直壁相手だったからよくわからなかったけど、なんとなく強化されてるような気もするな」

「まあ、コツは教えてもらったから、今度の土日に特訓してみるよ」

「ああ、がんばってな」

次は隼人の特訓だ。

隼人の『必中投擲』だがＭＰの消費は１しかないらしく、かなり使える気がする。

まずは使える武器の検証だ。

拾った石、購入してきたパチンコ玉と投げナイフと針をそれぞれ投げてみた。

結論から言うと全部投げて的に命中させることができた。

さすがに後ろ向きで投げると外れたが、意識を集中してある程度、的を見ながら投げると全部命中した。

次に威力だが一応投げる強さに影響《えいきょう》されるようで、ふんわり投げると威力は弱まっていた。

最後に狙《ねら》いだ。今までは槍を投げていたせいでそこまで狙いを細かく限定していなかったようだが、せっかくなので練習してみた。

「隼人、的を小さくするから狙ってみてくれ」

「ああ、やってみる」

『必中投擲』

パチンコ玉が的に当たったがど真ん中ではない。

何度かやってもらったが徐々《じょじょ》に的の真ん中に近付いて来ている。

どうやら習熟度と集中力で精度が上がるようだった。

「隼人、武器が切れたら、その辺の石とかでもいいと思うけど、鈍器《どんき》よりも鋭利《えいり》な物の方が、圧倒的《あっとうてき》に効果が高いと思う。可能なら投げナイフをMPと同じ本数は欲しいな。針とか釘《くぎ》でも急所を狙うことができればしとめることができるから、念のため持っておいた方がいい」

「おお、なんかイメージ湧《わ》いてきた。やっぱり海斗に頼《たの》んで良かったよ。指導してもらうのと自分で考えるのとは全然違《ちが》うな」

「それは良かった。想像以上に二人ができるからびっくりしたよ。もうちょっとしたら一緒に潜るのもいけると思うから楽しみだな」

「すぐに追いつくから待っててくれよ」

「ああ。ただ一つだけ忠告な。説明書は隅《すみ》から隅まで読んでくれ。これだけは絶対だ！」


土曜日になり、ようやく身体《からだ》の倦怠感が取れたので、パーティメンバーと一緒にギルドにオルトロスの魔核を売りにきた。

いつものように日《ひ》番谷《つがや》さんの列に並んで順番を待つ。

「おはようございます。魔核の買取お願いします。これなんですけど」

俺はオルトロスの大きな緑色の魔核を取り出しカウンターに置いた。

「高木《たかぎ》様。ちょっとお話があります。中の方へ移動して頂いてよろしいでしょうか」

「えっ？　別にいいですよ」

そう返事をすると有無《うむ》を言わせずにメンバーごと、奥《おく》の部屋へ連れていかれた。

恐らくオルトロスの魔核に引っかかったのだろう。日番谷さんは、すぐに上司の人を連れてやってきた。

「高木様、ちょっと確認よろしいでしょうか？」

「はい、いいですよ」

「この魔核はいったいなんでしょうか？」

「え？　九階層で取ってきたんですけど」

「九階層にこのような魔核は存在しません。赤色の魔核でも珍《めずら》しいのに、この魔核は緑ですよ。緑。わかりますか？　緑です」

「はい。見ればわかります。緑ですね。しっかり緑です」

「いえ、そうではありません。緑の魔核などほとんど世に出回ることのない種類のものです。いったいどのモンスターからドロップしたのですか？」

「えっと、あの、大きな犬です」

「犬ですか？　大きなってどんな犬ですか？」

「いや、あの、頭が二つくらいあったかな」

「頭が二つくらいある犬ですか？　そんな犬いませんよ。本当の事を言ってください」

「いや、本当に頭が二つあって、尻尾《しっぽ》に毒があるんですよ」

「だから九階層にそんなモンスターはいません」

「ちょっといいかな。高木くんの言っているモンスターの風貌《ふうぼう》だけ聞くとオルトロスっぽい気がするんだけど、まさかそんなことは無いよね」

　上司の人が探《さぐ》るように聞いてきた。

「あの、初めて見たのでよくわからないですけど、たぶんオルトロスかな。うん、きっとそうかな」

「オルトロスですか？　冗談《じょうだん》でも洒落《しゃれ》になりませんよ。オルトロスですよオルトロス。高木くん、そんなモンスターが九階層にいるわけないじゃ無いか」

　いや、今あなたがオルトロスかって聞くから、そうだって答えたのに。

「高木様本当でしょうか。本当にオルトロスの魔核なんですか」

「たぶんそうなんじゃないかな。ははは。なあみんな」

「「「たぶん」」」

　みんな厄介《やっかい》事の匂《にお》いを嗅《か》ぎつけたのか、一様の反応を見せる。

「パーティの皆様《みなさま》も間《ま》違《ちが》いないのでしょうか？」

「「「たぶん」」」

「高木様。オルトロスは超《ちょう》レアクラスのモンスターです。九階層に出るはずのないモンスターですが、オルトロスのものであれば、この緑の魔核も説明がつきます」

「ああ。それならよかったです」

「全く良くありません。まず第一にオルトロスが九階層にいたのであれば大問題です。事実確認をして、九階層を封鎖《ふうさ》しないといけないかもしれません。第二に失礼ですが、オルトロスは皆様で倒せるようなレベルのモンスターでは無いはずです。以前も大型恐竜《きょうりゅう》の魔核をお持ちいただいていましたが、あれですら皆様のレベルをはるかに超《こ》えているはずです。どういうことでしょうか」

「いや、どういうことと言われましても、たまたまですよ、たまたま攻撃が死角からヒットして運良く倒せたんですよ。なあみんな」

「「「ええ、まあ」」」

「高木様、K―12のメンバーは高木様のブロンズランクを筆頭に皆様アイアンランク以上で、若手パーティとしては非常に有望であるとは認識しております」

「あ、ああ。ありがとうございます？」

「ですが、今回の件はあり得ません。オルトロスですよ。オルトロス。神話に出てくるレベルのモンスターですよ。皆様が嘘《うそ》をついてない限りあり得ないんですよ」

「あ、じゃあ俺《おれ》の勘違《かんちが》いだったのかも。ちょっと大きな奇形《きけい》の犬だったのかも」

「高木様。何か隠《かく》してませんか？　隠してますよね」

ついに日番谷さんが核心《かくしん》をついてきた。どうしよう。

俺は何も悪いことはしていない。むしろモンスターを倒して褒《ほ》められてもいいぐらいだと思うが、なぜか問い詰められている。

「高木様。ずっとおかしいとは思っていたんです。何年もウッドランクだったのに急にランクも上昇《じょうしょう》し始め、装備も急速にレベルアップしているようですね。何かコツを掴んだのかとばかり思っていたのですが、今回の件で確信しました。何か隠してますよね」

「い、いやだな。一庶民《しょみん》の僕《ぼく》がギルドに隠し事なんかねえ、ははは」

「高木様。ギルドとしては今回の一大事に一刻も早く対応する必要があります。仮に高木様達《たち》が虚偽《きょぎ》の報告をして対応が遅延《ちえん》した場合、除名等の措置《そち》もあり得ますよ」

「う、うう。確かに言われている事は分かります。でもそれなら、九階層にオルトロスとかはもう出ません。大丈夫です。封鎖しなくても大丈夫です」

「高木様、どういう事でしょうか？」

「いや。原因がなくなったというか、なくしたというか」

「高木様！」

「あ、オルトロスが九階層にいたのは士爵級悪魔《ししゃくきゅうあくま》のせいなんです。士爵級悪魔が暇《ひま》つぶしに連れてきてたんですよ。スタンピードとか恐竜もそれが原因ですよ」

「高木様、今何とおっしゃいましたか？」

「いやだから士爵級悪魔が原因だったんですよ」

「高木様、士爵級悪魔が原因と聞こえましたが、その悪魔はいったいどうされたのですか？」

「いや、俺たちで倒したからもう安心ですよ。なあみんな」

「「「あ～。は～」」」

　みんな、なんだその返しは。

「高木様。士爵級悪魔を倒されたというのは本当でしょうか」

「本当です。これは本当。だからもう大丈夫。大丈夫ですよ」

「ちょっといいかな。今の話が本当だとすると全く大丈夫じゃないんだが」

　上司の人がおかしな表情で話しかけてきた。

「いや本当に倒しましたからもう大丈夫です。間違いないです」

「そうか。本当に倒したならそれは素晴らしい事だが、問題はどうやって倒したかなんだよ。オルトロスだけでも、君達では手に余るはずだ。それが士爵級悪魔まで倒したと言う。これのどこが問題ないのかな。問題しかないよな」

「うっ。ま、まあ確かにちょっと、運が良すぎるのかな。ははは」

「高木君。私は真剣《しんけん》な話をしてるんだよ」

「う、う～ん。あ、あれです。魔剣《まけん》が進化して超強力《ちょうきょうりょく》になったんですよ」

「ちょっと見せてもらっていいかな」

「はい、いいですよ」

そう言ってバルザードを渡《わた》した。

上司の人はバルザードを入念にチェックしている。

「高木君、私は鑑定《かんてい》のスキルを持っているんだ。だからこの魔剣が素晴らしい性能を秘《ひ》めているのはわかる。わかるが、ブロンズランクのパーティがこの魔剣一つでオルトロスや士爵級悪魔には勝てない事ぐらいもっとわかる。なにか他にはないのかな」

「ああ、この理力の手袋《てぶくろ》で魔剣の斬撃が飛ばせるようになったんですよ」

「ちょっと見せてもらうよ。ほう、これはたしかに高木君の魔剣との相性《あいしょう》は素晴らしいアイテムだよな。でもこれじゃないよな」

「はい……」

俺は追い詰められてとっさにメンバーに助けを求めるべく視線を送ったが三人が三人とも、なんとも言えない諦《あきら》めの表情を浮かべている。

だれか助けてくれ。

「高木様。何を隠しているんですか？　本当の事を言ってください」

「あ。あのですね。実はですね、今年の春にドロップアイテムを拾いまして」

「はい」

「それがですね。サーバントカードでして」

「はい」

「そのサーバントカードが結構レアカードでして」

「はい」

「あのですね。ヴァルキリーなんです」

「は、はい!?」

「いやだからですね、ヴァルキリーです、半神の」

「高木様、そう言えば以前、サーバントカードの事を聞いてこられたことがありましたよね。確かゴッズ系の話を聞いてこられたと記憶しています」

「はい。たいへん参考になりました。その節はありがとうございました」

「ちょっと待ってください、そういえば高木様、たしかゴッズ系のカードの事を尋《たず》ねてこられたちょっと後に、デビルズ系のカードの事も聞いてこられましたよね。それってまさか……」

「日番谷さん、記憶力《きおくりょく》良すぎないですか。ああそれもですね、その後にも二枚目のサーバントカードを手に入れまして」

「はい」

「そのカードも結構レアカードでして」

「はい」

「子爵《ししゃく》級悪魔だったんです」

「え、ええっ」

「そういう事なんです」

「それでは、高木様はヴァルキリーと子爵級悪魔の二体を使役《しえき》しているという事でしょうか?」

「まあ、そういう事になります」

「そうなんですね。ちょっと信じられないような話ですが、サーバントカードを見せて頂く事は可能でしょうか」

「はい。どうぞ」

もう隠す意味もないのでカードを取り出して渡した。

「信じられません。本当なのですね。こんな事ってあるのですね。こんなレアカードが二枚も」

のですか」

「はい、ありがとうございます。それはそうと士爵級悪魔を倒した際の魔核《まかく》はどうされた
「ああ、それなんですけど魔核はでなかったんです」

「それはどういう意味でしょうか」

「ちょっと言いにくいんですけど、サーバントカードが出まして」

「それは何のサーバントカードが出たのでしょうか？」

「それが、士爵級悪魔のカードなんです」

「ええっ。それは、もしかして先程《さきほど》の倒したとおっしゃっていた悪魔でしょうか」

「はい、そうです」

「見せていただいてもよろしいでしょうか」

「はい。大丈夫《だいじょうぶ》です」

俺《おれ》は言われるままに日番谷さんにベルリアのカードを渡した。

「これが九階層に現れた士爵級悪魔ですか。いかにも強そうな見た目ですね」

「ああ、まあ、そのカードの見た目は強そうなんですけどね」

「高木様、このカードはどうするおつもりでしょうか？　もし売却《ばいきゃく》すればかなりの金額に

なると思われますが」

「はい。色々考えて見たんですけど、とりあえず使っていこうかと思ってるんです。なんか妙《みょう》に懐《なつ》かれたんで」

「まさか、もう召喚《しょうかん》されたのですか？　大丈夫でしたか？」

「大丈夫ってなにがですか」

「いえ、呪《のろ》いとか大丈夫でしたか？」

「あっ！」

完全に忘れていた。ルシェを召喚しても大丈夫だったから呪いの事を失念していた。今のところなんともないが、俺大丈夫か。今になって心配になってきた。

「たぶん大丈夫です。今のところ大丈夫なんで、たぶんなんともないとおもいます」

「そうですか。それにしてもこれほどのレアカードを三枚も所有している方は見た事がありません」

「そうですか。自分ではそんなに意識した事はないんですけど」

「失礼ですがこれほどのサーバントを従えているのであれば、もっと上のランクも目指せるのではないですか？　少しほかのメンバーの方との戦力差がありすぎるかと思うのですが」

「いえ、サーバントなんですけどレベル１に戻《もど》ったせいか、弱体化してるみたいなんです。それに、メンバーのみんなは、今回の戦いでも命がけで俺を守ってくれましたし、かけがえのないメンバーなんです。いつも助けられてるのは俺の方なんで。俺には今が一番なんです」

「そうですか。大変失礼いたしました。皆様の関係性を無視した発言、申し訳ありませんでした」

「いや、全然大丈夫です」

「それでは、オルトロスの魔核ですが、買取金額が二千万円となりまして、ブロンズランクの特典として七パーセント加算されますので二千百四十万円となります」

「二千百四十万円ですか⁉　そんなにもらえるんですか。家買えますよね、家」

「申し上げ通り、オルトロスは神話に出てくる類《たぐい》のモンスターですので、魔核も別格となります。このクラスの魔核は市場にほとんど出回ることがありませんので、適正な価格で買取させていただきます」

「やっぱり探索者《たんさく》ってすごいですね。自分の力だけではないのはわかってるんですけど、この半年間の稼《かせ》ぎがすごい事になってますよ」

「今回の入金は高木様に全額、お振込《ふりこみ》でよろしかったでしょうか？」

「いやいや、四等分でお願いします。それにしても探索者ってやっぱりすごいですね」

「いえ、すごいのは高木様です。確定申告《しんこく》用の資料は言っていただければいつでもお渡し出来ます」

「えっ。確定申告ってなんですか」

「講習の際にも申し上げましたが、探索者特別控除額《こうじょがく》の百三十五万円を超える探索者としての収入は申告義務がございますので、高木様は今年から青色申告をする必要がございます」

「青色申告……。ああ、そうなんですね。具体的にどうすればいいんですかね」

「年度末に記帳指導もギルドでさせていただいておりますが、心配でしたら税理士の先生をご紹介《しょうかい》することもできます」

「税理士の先生ですか……」

「一応念のため申し上げますが、経費として購入《こうにゅう》した物品の領収書は保管されていますか？　無ければ経費として認められませんのでくれぐれもご注意下さい。最後に税金を納める必要がございますので、ざっくりと収入の三〜四割程度は使わず残しておくことをお勧《すす》めします」

「ああ、そうなんですね。ありがとうございます」

やばい。完全に忘れていた。殺虫剤《さっちゅうざい》を大量に購入しているがスーパーのレシートはその場で捨てていた。

確定申告。名前だけは聞き覚えがあるが全くわからない。俺でも税理士の先生雇《やと》えるのだろうか。

なんとかオルトロスの魔核を売ることができたので、そのまま九階層へと向かう。

一番の目的はパーティメンバーへのベルリアのお披露目《ひろめ》だ。

ただ、朝、ギルドで言われた確定申告の事が心配になって他のメンバーに尋ねながら歩いている。

「みんな確定申告ってしたことあるのかな」

「ああ」

「もちろんよ」

「去年しました」

みんな確定申告しているらしい。という事は昨年度に百三十五万円以上の収入があったという事だ。みんなが羨《うらや》ましい。俺の去年の収入は……桁《けた》が違う。

「俺も今年しないといけないっぽいんだけど、大丈夫かな」

「私は父の顧問《こもん》税理士に頼んでるから困った事ないけど」

「私もだ」

「わたしもパパに紹介してもらったのです」

「ああ、そうだよな。顧問税理士って高いのかな」

「なんか最近は競争が激しいから月一万円ぐらいからやってくれるところもあるみたい。スマホとかでも探せるみたいよ」

「俺領収書とか取ってないんだけど大丈夫かな」

「ダンジョンマーケットで買った物は履歴《りれき》がお店に残るから再発行できると思うけど、それ以外は難しいかも」

「ああ、そうだよな。俺今まで全然稼げてなかったから、気にした事なかったんだ。これからも相談に乗ってください。お願いします」

「もちろんわかる範囲《はんい》でなら相談に乗るわよ」

ああ、やっぱりパーティっていいな。なんて素晴《すば》らしいんだろう。そういえば隼人たちも俺と一緒で領収書なんか取ってない気がする。月曜日に教えてやろう。

『ガキンッ！』

突然ベルリアがタングステンロッドを振《ふ》って何かを叩《たた》き落とした。

「マイロード、敵襲《てきしゅう》です。ご準備ください」

どうやら今叩き落としたのは矢だったようだ。シルを含《ふく》めて誰《だれ》も気づいていなかったのにベルリアは察知して叩き落としたようだ。

「お前探知系はできないって言ってなかったか？」

「いえ、これは探知ではなく、周囲に注意を払《はら》っていただけです」

注意を払っていただけって、俺も払っていたけど全く見えなかったぞ。

そのままベルリアが一人で駆《か》けていき、シルバーオークをしとめて戻ってきた。

「敵モンスターをしとめてまいりました。皆様のお役に立てるよう誠心誠意頑張りますのでよろしくお願いします」

「なんか、思ってたキャラクターと違うんだけど」

「そうですね。あの憎《にく》たらしいおっさん悪魔と同じとは思えないのです」

「悪魔だから、嘘をついてるんじゃないか」

「何をおっしゃっているのですか。この私が嘘をつくはずがないではないですか。これでも騎士《きし》ですから、誓《ちか》いは絶対なのです。マイロードと姫様《ひめさま》たちへの誓いは絶対です。信じてください。お願いします」

「う〜ん。悪魔ってこんな感じなのかな。ルシェ様しか悪魔を知らないからよくわからないんだけど」

「俺も先日一緒《いっしょ》にダンジョン潜《もぐ》ってみたけど、なんか悪い奴《やつ》ではなさそうなんだよな。寧《むし》ろ超努力家《ちょうどりょくか》っぽいんだよ。戦闘力《せんとうりょく》もそれなりに高いし結構いいんじゃないかな」

「ああっ。マイロード、ありがたき幸せ。なんと慈悲深《じひぶか》いお言葉」

「そもそもマイロードって何？」

「いや、俺もそれは気になってるんだ。なんか主人の事みたいなんだけど、めんどくさいから放置してるんだよ」

「皆様の期待に応《こた》えられるように頑張りますのでよろしくお願いします」

その後も数回敵モンスターと交戦したが、ベルリアが積極的に戦ってくれたおかげで、圧倒的にスムーズに進んでいる。ただしベルリア自身は九階層では突出《とっしゅつ》しているものの、やはりシルたちほどのスキルを持つわけではないので、俺たちへのアピールのためか、実力以上に頑張ってくれているように見える。

ベルリアもお腹《なか》は空《す》くようだがスキルを使っているわけではないので、他の二人に比べるとすこぶる燃費はいいようだ。

「みんなどう思う？」

「まあ、殺されかけたからすぐには慣れないけど、悪い奴ではなさそうだからいいんじゃない」

「わたしも自分ではいらないですけど、海斗さんに懐いているようなので、海斗さんの責任でしっかり管理するならありだと思うのです」

「私も一応賛成だ。戦力アップは間違いないし態度も良い。ただし悪魔だからな、嘘をついていないとは断定できないから海斗しっかり頼んだぞ」

結局、ベルリアの努力によりパーティメンバーには納得《なっとく》してもらったが、みんなの反応は当然だろう。風貌と態度が激変したとはいえ数日前に殺されそうになった相手だ。おまけにみんなに絶対的な使役権があるわけではないので、主人の俺に責任があるのは間違いない。今後はベルリアの分も責任を持って探索に臨《のぞ》みたい。

この日はベルリアの活躍《かつやく》もあり、かなりマッピングが進んだのでいつもよりも少しだけ早く切り上げることにした。

俺は早く帰っても特にやることもないが、メンバーは女の子なので土日にやりたいこともあるだろう。

一応パーティリーダーとして地味に気を遣《つか》ってみているが、おそらく誰にも気づかれてはいないと思う。

家に帰ってからは確定申告のことが気になってしかたがなかったので、父親に聞いてみた。

「サラリーマンの俺にわかるはずないだろう。自分でなんとかしろ。そんなに稼いでるなら少しは家にお金を入れたらどうだ？」

たしかに父親の言うことも、もっともだ。


翌日、パーティメンバーのスキル検証には丁度良いだろうと思いとりあえず七階層に来ている。

「それじゃ、みんなのスキルを確認《かくにん》してみよう。まずはあいりさんとヒカリンのを試《ため》してみましょうか」

しばらく探索して、ルシェが発見したブロンズゴーレムとストーンゴーレムに対してヒカリンとあいりさんが前に出る。

『アイスサークル』

ヒカリンが新しい魔法《まほう》を使用する。

二メートル程の範囲で円柱が出現してゴーレムの背丈《せたけ》まで覆《おお》い隠す。

ゴーレムは完全に氷漬《づ》けの状態になった。おそらくこのまま放置すると魔法が解除された時点でまた動き出す気はするが、今は完全に動きを封《ふう》じ込《こ》めている。

『斬鉄撃』

あいりさんの一撃《いちげき》で氷漬けのブロンズゴーレムが氷ごと真っ二つに切断されてしまった。

すごいな。元々の薙刀《なぎなた》の性能とあいりさんの技量もあるのだろうが、すごい威力《いりょく》だ。

同じ要領でストーンゴーレムもあっさり片付けてしまった。

「二人共すごいじゃないですか。ヒカリンの『アイスサークル』も敵の動きを阻害《そがい》するところか、完全に動きを封じ込めてるし、あいりさんの『斬鉄撃』もあの感じだとほとんどのものが斬《き》れちゃうんじゃないですか」

「まあ、私も『斬鉄撃』の威力には驚《おどろ》いているが、MPを消費するから、無駄《むだ》撃ちはできないな」

「そうですね。それじゃあ、次は、ミクとスナッチで戦ってみようか。ミクの新しいスキルの効果が不透明《ふとうめい》だから、危なかったらみんなですぐにフォローに入るから」

「うん、わかった」

しばらく探索しているとすぐにシルが敵を感知した。

「奥に敵が三体います。ご注意ください」

「ミク、一体はこっちで受け持とうか？」

「せっかくだからわたしたちだけでやってみる。無理だったらお願いね」

前方に見えたのはストーンゴーレムとブラストゴーレム二体だった。

問題は、スナッチの攻撃《こうげき》が通用するかどうかだ。

『幻視《げんし》の舞《まい》』

ミクがスキルを発動したようだ。発動したようだが俺にはなにも見えない。舞といってもミクが踊《おど》っているわけでもないし、目に見える幻《まぼろし》が発生したわけでもない。

失敗か？　と思ったら、ゴーレムが三体ともなにもない虚空《こくう》に向けて攻撃を始めた。

どうやら敵にはしっかり、なにかの幻が見えているようだ。しかも単体ではなく三体共に効果が波及《はきゅう》しているようだ。

ゴーレムが何もない所を攻撃している様は、不恰好《ぶかっこう》ではあるが、たしかに舞《ま》っているようにも見えなくはない。

その舞っているゴーレムに向けてスナッチが、鋼鉄の針を浴びせかける。

どうやら『ヘッジホッグ』を発動したようだ。

今までの風の刃《やいば》は残念ながら硬《かた》い敵には直接的なダメージを与《あた》えることはできなかったが、今度の『ヘッジホッグ』は違った。かなりの数の鋼鉄の針がゴーレムの奥の方までめり込んでいき、あっという間に三体を葬《ほうむ》り去ってしまった。

完全にいままでの火力不足を解消している。

もう少し知能の高いモンスターでも検証の必要はあるが、ミクとのコンビネーションはかなり使える印象だ。

最後にシルの『戦乙女の歌《いくさおとめのうた》』を試してみようと思うが、七階層のモンスター相手では効果が測りにくいので九階層まで移動してきた。

移動してすぐにシルが三体のモンスターを感知した。

「シル、『戦乙女の歌』を使用してみてくれ。サーバントにも効果があるか確認したいから、ルシェとベルリアも戦闘《せんとう》に参加してみてほしい」

「それではいきますね。『戦乙女の歌』」

シルがスキルを発動した瞬間《しゅんかん》、頭の中にかすかなシルの歌声が流れてきた。俺の中でなんともいえない高揚《こうよう》感がしてきた。

「おおおぉぉお！」

普段《ふだん》あげることのない雄叫《おたけ》びをあげて敵に向かっていく。

身体が軽い。足がいつもより速く動く気がする。意識が高揚しながらも普段よりも視界が広い。なんともいえない無敵感のようなものが感じられる。

目前に迫《せま》ったホブゴブリンの攻撃を目視するが、遅《おそ》い。ホブゴブリンの動きが明らかに鈍《にぶ》く感じられ、余裕《よゆう》を持って避《よ》けられる。避けた瞬間バルザードを一閃《いっせん》して斬撃を飛ばしてモンスターを撃破《げきは》する。

「すごいな」

明らかに自分のレベルが上がっているのがわかる。高揚感から雄叫びをあげたが、アニメに出てくるバーサーカーのように思考能力が低下するわけではない。寧《むし》ろ処理能力は上がっていると感じる。

隣《となり》を見るとルシェもベルリアも戦闘を終了《しゅうりょう》していた。

「どうだった」

「ああ、明らかにレベルが上がった感じがあるぞ。『暴食の美姫《びき》』を使った時ほどではないけど、スキルの威力もアップしてる」

「わたしは正直よくわかりませんでした。シル姫《ひめ》の歌声は聞こえたのですが、いつもとそれほど変わった感じはありませんでした」

「そうなのか」

これは、あれだな。スキルの効果波及条件の信頼《しんらい》関係に依存《いそん》するというやつだな。俺とルシェは家族だからもちろん信頼度は高く効果も高い。ベルリアはおまけだから現状信頼度ゼロなのだろう。

ベルリア、これから信頼を築いていこうな。これからだ。

第四章 プレゼント

スキルの検証が終わり、確実にパーティの戦力が底上げされたのを確認することができたので、そのまま週末は九階層の探索を進めることにした。

先週のようにイレギュラーが発生することもなく、新しいスキルを身につけたこともあり、メンバーのモチベーションは高く順調にマッピングも進んだ。

「シル、『戦乙女の歌を頼む』」

「わかりました」

「それじゃあ、あいりさんと俺でいきましょう」

俺はシルバーオークによる遠距離攻撃《えんきょりこうげき》を躱《かわ》しながら迫る。

シルのスキルのおかげで、敵の攻撃にも素早《すばや》く反応できるようになり難なく躱すことができる。

「やあああぁぁ～」

あいりさんが先に敵モンスターと交戦となり気合の一撃をお見舞《みま》いした。

あいりさんも『戦乙女の歌』の効果でいつもより気合が入っているようだ。

俺も負けずに敵へとバルザードの一撃を放ち戦闘は終了した。

「おい、海斗《かいと》。わたしの出番がないぞ」

「まあ、今回はしかたがないな」

「そんなこといって。さっきからずっと出番がないぞ」

たしかに、メンバーの能力が上がったおかげでルシェの出番が減っているのは間違いない。

これはいいことだと思うがルシェは納得いかないらしい。

「そうだな～。じゃあ次はルシェも参加するか」

「ほんとうだな？　遠慮《えんりょ》はしないからな」

「わかったよ」

「マイロード、私も次は是非《ぜひ》！」

「わかった」

ベルリアもか。人数が増えるとそれだけメンバーへの配慮《はいりょ》が増えるので、いいことばかりではない。

結局ルシェたちも参加して土日に探索を進めたせいで、魔核が完全に尽《つ》きてしまった。

魔核がなければ週末の探索ができなくなってしまうので、今週の放課後はずっと一階層でスライムを狩《か》っている。お陰《かげ》で二百個程度の魔核を手に入れることができたので、無茶《むちゃ》をしなければ当面探索には困らないだろう。

一階層ではコミュニケーションを深めるためにベルリアも一緒にスライムを狩ることにしたが、

「騎士たるもの武器で戦います」

と言ってベルリアが殺虫剤ブレスを使おうとはしなかったので、タングステンロッドで戦うベルリアは俺よりもスライムを倒《たお》すのに時間がかかっていた。

本人が必死に頑張《がんば》っていたのでなにも言わなかったが、意地を張らずに殺虫剤ブレスを使えばいいのにと思いながら見守ることにした。

昨日までに魔核もそろえ準備万全《ばんぜん》で週末を迎《むか》えることができたのでパーティで朝から九階層へとアタックする。

九階層を探索するパーティに今までと違《ちが》うところがある。

それはベルリアの存在だ。

当初、召喚せずに進もうかと考えていたのだが、先週ベルリアがしきりにアピールしてパーティへの参加を頼《たの》んできたのだ。

ベルリアがいることで矢などの遠距離攻撃を防げる可能性が飛躍的《ひやくてき》に上がるので、安全策をとって一緒に探索を進めることにした。

結果パーティメンバーのレベルアップとベルリアのおかげもあって先週よりも更《さら》に探索スピードが上がっている。

今のところ完全にノーダメージで敵を撃破することができているので順調だ。

『ガキーン』

ベルリアは、ほぼ確実に矢を防いでくれている。まぐれではなかったようなので本当に助かる。

「ベルリア、あいりさん、敵に突《つ》っ込みますよ」

ベルリアを先頭に三人で敵に突撃《とつげき》をかける。

シルバーオークを俺とあいりさんが斬り伏《ふ》せ、ベルリアはリザードマンの攻撃を素早く避けてタングステンロッドで連撃をかける。

前衛三人の速攻《そっこう》で即座《そくざ》に敵三体をしとめる事に成功した。

前衛の攻撃が厚くなったのはよかったが、そのせいで、後衛の二人の活躍の場が減ってしまった事が少し悩《なや》ましい。

贅沢《ぜいたく》すぎる悩みだが、なかなかパーティのバランスが難しい。

そんな調子でサクサク進んでいると一日で九階層のかなりの部分までマッピングが終わってしまった。この調子で行くと明日には九階層を突破《とっぱ》してしまいそうだ。

「みんな、明日には九階層を突破できそうなんだけど、どうする？　ちょっと早すぎる気もするけど、十階層に行くのもありかな～」

「私は十階層にゲートがあるから早く行きたい」

「わたしも十階層に行った方が効率がいいと思うのです」

「まあ、今の感じだと十階層も問題ないんじゃないか」

「そうですね。わかりました。明日頑張っていけるようなら十階層にいってみましょうか」

メンバーで明日の方針を決めてから家路についた。

さすがに十階層までくると完全に初級を卒業した気がしてワクワクしてくる。装備も十階層に相応なものにレベルアップして臨む必要がある。まだ到達《とうたつ》もしていないのに入学式前の中学生の様に、そんな事ばかり考えてしまう。

テンションが上がっているせいか、朝はいつもより早く目が覚めてしまった。

準備する手にも自然と力が入る。

メンバーと合流して、九階層を昨日と同様のやり方で進んでいっているが、ここまでは問題なくきている。

昨日の反省も活《い》かし、遠距離攻撃してくる敵以外には積極的にミクとヒカリンにも戦闘参加を促《うなが》して、新スキルの実戦練習もしてもらっている。

みんなの新スキルだが九階層でもしっかりと効果を発揮しているが、なかでもスナッチとミクで手数が増えた事は非常に有用だ。

早々に昨日までのポイントにたどり着き、未踏破《とうは》エリアを進んでいく。

途中《とちゅう》でモンスター五体の群れに遭遇《そうぐう》したが、ヒカリンの『アイスサークル』とミクの『幻視の舞』で敵を足止めしている間に、スナッチ、俺《おれ》、あいりさん、ベルリアの四人が攻撃を加える事で、あっさりと撃破する事に成功した。

新しいスキルにも慣れてパーティとしての連携《れんけい》がうまく取れるようになってきた。

ほぼ最大数の五体を難なく退けた事で全員にも余裕が出てきて、いい感じでその後もモンスターを倒せている。

ここまでルシェの出番は全くなく、シルも探知のみに活躍している状態だ。

そのせいでルシェのフラストレーションがたまってきている気がするが、この先なにがあるかわからないので極力魔核の節約に努める。

マッピングを続けていくと、遂《つい》に十階層へと続く階段まで到達した。

「みんな、ようやく十階層への階段だ。どうする、思い切ってこのまま降りてみようか」

「当たり前でしょ、ここまできて引き返せないじゃない。十階層にはゲートがあるのよ。帰りが断然楽チンでしょ」

仰《おっしゃ》る通りです。ちょっと慎重《しんちょう》になって聞いてみただけで、俺も降りる選択《せんたく》しかなかった。

みんなの顔を見回してから、十階層へと降りる為《ため》に階段をすすむことにする。

「みんないいかな。いくよ」

パーティメンバー全員で階段を降りて行くと、そこには五階層にもあったコンビニをさらに小さくした様な売店があった。恐《おそ》らく五階層よりも利用者が少ないせいで小さいのだと思うが、ミネラルウォーター五百ミリリットルが六百五十円となっている。

高い……

恐らく高度の高い山と一緒で奥《おく》に進めば進むほど高くなっていくのだろう。できる事ならマジックポーチが欲《ほ》しい。ダンジョンを下降しているのに、逆に物価はどんどん上昇《じょうしょう》していく。

売店があるのは本当に助かるが、物価の上昇は地味にきつい。

周囲をぐるっと歩いて確認すると、売店が小さくなった代わりに今までになかったブースがある。

それはシャワーブースだ。水をどこから引いているのかわからないが一回五分で千円と書かれている。ミネラルウォーターに比べると随分《ずいぶん》良心的だが、貼《は》り紙《がみ》で飲料水には使用できませんとの記載《きさい》があった。

ダンジョンでお腹を壊《こわ》すリスクは避けたいので、飲むのは控《ひか》えようと思うが、女性には特に喜ばれるブースだろう。

「みんな、売店とシャワーブースがあるみたいだから、機会があったら利用してみようか」

「もしかして海斗はどうして十階層にシャワーブースがあるか知らないの？」

「え？　何か理由があるのか？」

「もちろんあるわよ。十階層からは砂漠《さばく》エリアになるのよ。ダンジョンで太陽は無いはずなのに、灼熱《しゃくねつ》のエリアもあって気温が四十度を超《こ》えるエリアもあるのよ。だからシャワーがあるの。熱中症《ねっちゅうしょう》対策も必須《ひっす》だから」

「ああ、砂漠エリアなのは知ってたけど、そこまで暑いエリアがあるとは思ってなかった。地面が砂なんだろうぐらいに思ってたよ。それじゃあ、ちょっとこのままの装備で臨むのは無茶かもしれないな」

「長時間は無理だけどせっかくだから、ちょっとだけ進んでみましょうよ」

「まあ、それがいいかもしれない。みんなそれでいいかな」

「はい」

「ああ」

「それじゃあシル、初めてのエリアだから特に気をつけて進んでいくようにしよう」

「かしこまりました」

俺たちは好奇心《こうきしん》に駆られ十階層についてほどなくして探索を始めたが、すぐに全身から汗《あせ》が滝《たき》の様に流れ始めた。

暑い。とにかく暑い。真夏の炎天下《えんてん》を歩いている様な感じだ。

しかも足下《あしもと》が砂地の為、足を取られて思いのほか進みが遅い。

他のメンバーを見ると同様の状態だが、サーバントたちはなぜか平然としている。

「シル、ルシエ、お前たち暑くないのか？」

「もちろん暑いですが、この程度であれば特に問題ありません」

「魔界《まかい》にはもっと過酷《かこく》なところもあるからな、これぐらいだったら問題ない」

サーバントと人間ではそもそも違うのか、もしくは育った環境《かんきょう》の違いかサーバントたちはみんな大丈夫なようだった。

「ご主人様、モンスターの反応が二つあります。ご注意ください」

十階層でのファーストモンスターだ。

シルの声で気を引き締《し》め直して、臨戦態勢に入る。

どこだ？　目視出来る範囲には見当たらない。前方に注意を払いながら進んでいくが周囲にはなにも確認できない。

「マイロード、避けてください！」

突然《とつぜん》のベルリアの声に身構えたが、どこになにを避けていいかわからず動けないでいると、俺の足下の土の中から突然巨大《とつぜんきょだい》なミミズのようなモンスターが現れて俺に巻きついてきた。

ううっ、苦しい……

突然の地下からの急襲《きゅうしゅう》に、為《な》す術《すべ》なくやられそうになって俺がもがいていると、ベルリアがタングステンロッドで巻き付いたミミズに連撃を加える。

ベルリアの連撃に弱ったミミズ型モンスターは俺を離《はな》し、土の中に逃《に》げようとするが、スナッチが『ヘッジホッグ』を発動させ、しとめた。

「マイロード、避けてください」

再びベルリアの声がしたので今度は躊躇《ちゅうちょ》なく横方向に飛び退《の》いた。飛び退いた瞬間今まででいた場所からもう一体が出現したが、ベルリアとスナッチで挟《はさ》み撃《う》ちにして討《う》ち取った。

今までにない下からの攻撃は驚異的《きょういてき》だったが、常に足下を意識しながら戦う事は難しいので、ベルリアに期待するしかない。この階層では予想外にベルリアの活躍の場があるかもしれない。

メンバーの信頼を得ることができる絶好の機会となるかもしれない。

それにしても、まだほとんど進んでないにもかかわらず、さっそくモンスターが出現した。

注意を払いながら進むと、またすぐにシルの声が聞こえた。

「ご主人様、モンスターです」

やはりこの周辺はモンスターの密度が濃《こ》いのか？

俺は足下に注意をはらいながら先に進んでいく。

少し進むと前方に土煙《つちけむり》が上がっているのが見えたが、それが徐々《じょじょ》に大きくなっている。

「ベルリア！　なにか近づいてきてるぞ」

「マイロード、あのモンスターの背中には大きなこぶのようなものがのっています。珍妙《ちんみょう》な動物型モンスターのようです」

俺には土煙だけでモンスターの姿までは捉《とら》えることができていないので、ベルリアは俺よりもかなり目もいいらしい。

砂漠で背中にこぶがのっている動物型モンスターで連想されるのは一つしかない。

ラクダか！

それからすぐに俺の目にもモンスターの姿が映し出された。

大型のラクダが凄《すご》い形相で猛然《もうぜん》とこちらを目指して走ってきているのが見える。

「マイロード、おまかせください」

ベルリアが駆け出しラクダとの距離《きょり》を詰《つ》めていく。

もう少しで交戦する距離まで詰まったが、ラクダは一切《いっさい》勢いを弱めず、ベルリアをはね飛ばす勢いで突進《とっしん》してきた。

「ベルリア危ない！」

いくら悪魔《あくま》でも幼児の姿だ。巨体《きょたい》に弾《はじ》き飛ばされてはただではすまない。

思わず声をあげてしまったが、ベルリアは軽業師《かるわざし》のようにそのまま前方上空へとジャンプして、くるっと空中で一回転したかと思うとそのままラクダの背中に飛び乗ってしまった。

ラクダは怒《いか》り狂《くる》ったように激しく動き回り、ベルリアを振り落とそうとするが、ベルリアは一切気にしたそぶりを見せずに、背にまたがったままタングステンロッドを振りかぶりラクダめがけて攻撃し始めた。

そこからは背中への攻撃手段を持たないラクダ型モンスターは暴れる以外のことはでき

ずに、一方的にベルリアが攻撃して戦闘は終了した。

「マイロード、見ていただけましたか？」

「ああ、あの暴れるラクダにのるってすごいな」

「騎士たるもの馬術はお手のものです。あの程度のモンスターを乗りこなすなど造作もありません」

「そうなのか」

確かに騎士は馬に乗ってるイメージがあるな。

俺は子供のころに動物園のふれあい広場でポニーにのったことはあるけど、あのラクダにはのれそうにない。

それにしてもモンスターの出現頻度《ひんど》も高いようなので、あくまでも様子見の今日はこれ以上進まない方がいい。

「そろそろ引き上げよう」

「そうね」

「様子がわかってよかったのです」

「ああ、かなり九階層のモンスターとは違ったな」

俺たちは来た道を引き返し、ゲートを使い地上へと戻《もど》った。

地上へと戻るとダンジョンとの温度差が激しい。

結構肌寒《はださむ》くなってきているので、十階層へと進んだことで灼熱のダンジョンとの温度差がより一層際立《きわだ》っている。

明日から帰る時のために少しあったかい恰好《かっこう》をしてこよう。

家に着くとすぐに熱いシャワーを浴びたが、冷えた身体《からだ》があったまり疲《つか》れもとれる。

シャワーを浴びてから母親が用意してくれたカレーを食べた。

今日一日頑張ったのでカレーがおいしい。

食事を終えてから適当にテレビをつけると大食いの番組をやっていたので、最後までみてからベッドに入った。

いつも思うが、あの人たちの食べっぷりをみていると、どこかシルやルシェを連想してなんとなく親近感が湧《わ》いてくる。

今日は十階層への初アタックを果たしたが、砂漠という環境に思った以上に苦戦してしまったので、すぐに引き返して準備を整えてから土曜日に再アタックをかける事にした。

翌日の放課後、準備を整えるためダンジョンマーケットに向かう事にしたが、せっかくなので春香《はるか》にもついてきてもらえるか誘《さそ》ってみることにした。

「今度ダンジョンで砂漠エリアに行く事になったから色々買《か》い揃《そろ》えようと思うんだけど、今日の放課後一緒にどうかな」

「うん。私も今日は放課後なにもないからいいよ」

やった。どうせなら春香と一緒の方が楽しいいし、おっさんも割引してくれるかもしれない。

放課後になってダンジョンマーケットに向かうが、購入《こうにゅう》予定の物は、靴《くつ》、服、帽子《ぼうし》とベルリアの武器だ。

昨日は普通《ふつう》のスニーカーで十階層に潜ってみたが、砂が中に入ってきて気持ち悪いし動きにくいので、できれば砂漠用の靴が欲しい。

服もカーボンナノチューブのスーツだけでは暑すぎる。どうやらこのスーツは暑さに対する快適性は完全に無視をしているようで、むしろ蒸《む》れて暑い。少しでも涼《すず》しくなるようなものが欲しい。

帽子は完全に暑さ対策だが、太陽があるわけではないので必須ではないかもしれない。

最後にベルリアの武器だ。最初はタングステンロッドで十分かとも思ったが十階層で助けてもらったのを機にちょっとご褒美《ほうび》をあげる方向に変更《へんこう》した。

タングステンロッドでは斬ることができないので本来のベルリアの力が発揮されない。

せっかくなので剣《けん》か刀を買ってやろうと思う。

とりあえず春香に靴のことを相談してみる。

「砂漠で履《は》く靴だよね。履いたことないけど、たぶんデザートシューズとかデザートブーツっていう靴が売ってるから、砂漠にはそれがいいんじゃないかな」

「デザートブーツか。そういえば聞いたことあるかも。デザートって砂漠のデザートだったのか。知らなかったよ」

砂漠がデザートなのは理解していたが、デザートブーツのデザートと砂漠が結びついていなかった。やっぱり春香にきてもらってよかった。

早速《さっそく》店内にあるデザートブーツを見て回る。

足首までの物ともっと上までカバーしている物があったが、春香が後者の方が砂が入らなくて良さそうというので購入を決めた。値段は一万八千円程《ほど》で俺の持っているどの靴よりも高額だったが背に腹は代えられないのでブーツの活躍を願っている。

ただ結構革《かわ》が硬いので、靴擦《くつず》れしそうなのが心配だ。靴擦れって『ダークキュア』で治る対象だろうか。たぶん擦《す》り傷《きず》だからいけるよな。

次に暑さ対策のウェアだが、二種類候補が見つかった。

どちらも充電式《じゅうでんしき》バッテリーで超小型《ちょうこがた》エアコン搭載《とうさい》の、ダウンベストの様なのと、冒険譚《ぼうけんたん》に出てくるようなマントだ。どちらも性能は同じだが、マントの方が少し長いので効果範《はん》囲《い》が大きい気がする。

一応試着してみたが、どちらも服の内部が結構涼しい。

涼しさの性能自体は、どちらも同じような気がするが、やはりマントの方が腰《こし》から下も冷やすので、涼しさには軍配があがる。ただベストに比べると少し動きにくい。

どちらも一長一短あるので、これはもう春香に決めてもらうしかない。

「春香、このベストとマントどっちがいいと思う？」

「う～ん。実用的なのはベストだと思うんだけど、探索《たんさく》者のイメージに合うのはマントな気がするな」

「そうだよな。なんかマントって探索者っぽいよな」

正直日常生活でマントを羽織ることは全くないのだが、マントってなんか憧《あこが》れる。

俺に似合うのか？　という大きなハードルはあるが、ちょっと探索者スピリットをくすぐられてしまう。

俺は再度マントを羽織ってみて、春香に確認する。

「これって変じゃないかな」

「うん、似合ってるよ。本当はもっと明るい色があればそっちの方がいいと思うけど、茶色のマントも落ち着いてていいんじゃないかな」

春香の一言に背中を押《お》されて購入を決めた。価格は五万五千円。ブランド物でもないのにやたらと高い。

まあ買う人もかなり限定される商品なのでやむを得ないだろう。

思いのほかマントが高かったが、靴とマントがそろったので次は帽子を考えている。

マントと同じように涼しくなる帽子を探してみたが、超小型エアコン付きの帽子はなく、かわりに小型ファン付きの帽子を発見した。

普通の帽子タイプと、ヘルメットタイプを発見したが、防御力《ぼうぎょりょく》を考えると、ここはヘルメット一択《たく》だろう。

試しにかぶって、ファンを動かしてみる。電池式のようだが室内で使うとかなり涼しい。

「春香、これにしようと思うんだけどどうかな」

「う〜ん。悪くはないんだけど、探検隊の人みたいだね。普通の帽子じゃダメなのかな」

「太陽が出ているわけじゃないから、日除《ひよけ》っていうよりも暑さ対策なんだよね。どちらも性能が同じなら耐久性《たいきゅう》の高いヘルメットがいいと思うんだ」

「そっか。じゃあ仕方がないよね。うん、いいと思うよ」

春香のお墨付《すみつ》きももらったのでヘルメットはこれで決まりだ。色は何種類かあったが、赤とか黄色はモンスターの標的にされそうなので無難に黒にしておいた。

　最後にベルリアの剣だが、こればっかりはおっさんの店にしか置いてなさそうだ。

「こんにちは。武器が欲しいんですけど。刀か剣でいいのなんかありますか？」

「おう、坊主《ぼうず》か。また彼女《かのじょ》と一緒《いっしょ》か、仲がいいな。剣って魔核銃《まかくじゅう》はどうしたんだよ、まさか壊したのか？」

「いや、違いますよ。前買ったタングステンロッドの代わりに、斬れる剣が欲しいと思って。日本刀とかどうですかね。他の剣に比べると軽くて強そうじゃないですか」

「実剣を売れるのはブロンズからだからな。一応識別票を確認させてもらうぞ」

「はい、わかりました」

「ああ、間違《まちが》いね～みたいだな」

「はい」

「希望は日本刀か。まあ、たしかに人気はあるがな、あんまり薦《すす》められね～な」

「えっ、どうしてですか？」

「基本、日本刀は斬る事に主眼をおいてるんだがな、肉を斬るとすぐ斬れなくなるんだよ。鉄自体は、鍛《きた》えてあるから同じサイズの他の剣よりはかなり頑丈《がんじょう》だけどな、細くデリケートに作ってあるから、数を相手にするのには向いてない。すぐに刃こぼれするし、ゆがむんだよ。脂《あぶら》と血ですぐ斬れなくなるぞ。研《と》ぐのも技術がいるしな」

「そうなんですか、時代劇とかで百人斬《ひゃくにんぎ》りとかしてるイメージあったんですけど」

「あれは、ただのイメージだ。本物はそんな便利なもんじゃねーよ。オススメは切れ味よりもある程度重さで叩《たた》き斬れるようなやつだな。斬れなくなってもそれなりに武器として使えるし、研ぎが甘《あま》くてもそこまで影響《えいきょう》しね～から、数を相手にする探索者にはオススメだ」

おっさんがまともなアドバイスをくれている。正直驚きだ。

「そうなんですね。ありがとうございます。さすが詳《くわ》しいですね」

「あたりめ～だろうが。こっちはこれで食ってるんだよ」

「そうですよね。それじゃあ、おすすめとかありますか」

「予算はどのくらいだ」

「いえ、物によって考えようかと」

「そうかよ。ちったあ学習してるな。ちょっとまってろ」

そう言っておっさんは奥の倉庫に引っ込《こ》んでいったが、しばらく待っていると四本の剣を持ってきた。

二つは同じような剣で残りの二つは大きさが違う。

「まず、こっちの二本がバスタードソードだ。まあ汎用性《はんようせい》が高い。こっちが二十五万でこっちが百万だ。こっちがブロードソードとグレートソードだ。ブロードソードが八十万でグレートソードが百五十万だ」

「やっぱり結構しますね」

「当たり前だろ。今時こんなファンタジーな本物の剣を使うのは探索者ぐらいしかいね〜だろ。ほとんど売れね〜んだから高くつくに決まってる。それが市場の原理ってもんだろうよ」

「まあそうですよね。こっちの二十五万と百万円の剣は見た感じあんまり変わらないんですけどなにが違うんですか？」

「ああ、坊主の予算がわからないからな、一応安いのも持ってきたが二十五万のはあんまりよくね〜ぞ。作りが甘い。いわゆるB品みたいなやつだ。百万の方はしっかりしてるからな、予算があるんなら高い方にしとけ。命を預ける武器をケチってもいいことね〜ぞ」

「そうですか。それじゃあ三種類あるんですけど、どれがいいんですかね」

「まあ俺のオススメはグレートソードだな。長い分重量もあるが威力《いりょく》も増すから、モンスターには有効だろうな。ブロードソードとバスタードソードは好みにもよるけど俺はバスタードソードの方が使い勝手がいい気がするぜ」

う～ん。値段はある程度想定内だ。二十五万円の剣は正直かなり魅力的《みりょくてき》だが、当面使っていくことを考えると却下《きゃっか》だな。グレートソードは俺が使うならありな気もするが、ベルリアが使うには長すぎて、うまく振《ふ》れない気がするので却下。残るはブロードソードとバスタードソードだが正直、形以外に違いがわからない。しかし、大きく違うのが名前だ。ブロードとバスタード。完全にバスタードの名前が勝っている。好みはあるだろうが、俺の中でバスタードが圧勝してしまった。これは百万円のバスタードソードで決まりだな。

「ちょっといいかな」

春香が小声で服を引っ張ってくる。

「すごく高いんだけど、お金大丈夫《だいじょうぶ》なの？　安いのでいいんじゃない？　それでもすごく高いけど」

「ああ、ちょっとこの前の探索で臨時収入があったから大丈夫だよ。心配してくれてありがとう」

まあ、普通の高校生の感覚からすると異常な価格だよな。やっぱり助言してくれる人がいるのはうれしいけど、命にかかわるので武器だけは安いので済ませるわけにはいかない。

百万円は大金だがやっぱりバスタードソードにしようと思っていると、小声で春香が話しかけてくる。

「海斗、お金は大丈夫なんだよね。どの剣がいいと思ってるの？」

「ああ、百万円のバスタードソードにしようと思うんだけど」

「うん、わかった。おにーさん、海斗と相談してみてるんだけど、ちょっと予算が厳しいみたいなの。でもね、その高い方のバスタードソードがちょっといいかなって思ってるんだ。なんとかならないかな」

「お嬢《じょう》ちゃん、言ってることはわかるがな、こういうのは数売れるもんじゃないから値引きもあんまりないんだぜ」

「あんまりってことはちょっとはお願いできますか？」

「お嬢ちゃん、しっかりしてるな。わかったよ、九十万でいいぜ」

「ありがとう。おにーさん、もうちょっとなんとかならないかな」

「おいおい、値段はこれ以上やすくはできないぞ。う～ん、しょうがねーな、じゃあ砥石《といし》と研ぎ方匠《たくみ》の技ＤＶＤをサービスしてやるよ」

「おにーさん、いつもありがとう」

おおっ。値段が下がった。春香のスマイルは円じゃない。確実に価値があるようで、スマイルで交渉《こうしょう》するとあっさり十万円も下がった。おそらく俺一人では無理だっただろう。

「そういえば俺、さっき見せたようにブロンズランクなんですけど割引利《き》きますか？」

「なんだ坊主、そんなことも知らねえのかよ。割引はな、ダンジョンマーケットを管轄《かんかつ》しているダンジョンギルドから還付《かんぷ》されるんだよ。ブロンズランクだと三ヶ月後くらいに勝手に口座に振り込まれるはずだぜ」

「そうだったんですか。知りませんでした。特に説明も受けなかった気がするんですけど」

「そんなことまで、俺が知るわけねーだろ。それよりお嬢ちゃんのおかげで安くなったんだ。少しはプレゼントぐらい買ってても、ばちは当たんね～だろ」

「ああ、そうですよね。本当にありがとうございます」

おっさんからバスタードソードを受け取って店を出る。

「買い物助かったよ。さっきの御礼《おれい》するからなにがいいかな」

「別にいいよ。ちょっと付き合っただけだから」

「いやいや、この前も助かったし、御礼しとかないと次に頼みにくいから」

「そうかな。じゃあなんでもいいよ」

なんでもいいよと言われると女性のプレゼントを購入した事がない俺には決めようがない。

「じゃあ、とりあえずショッピングモールにいこうか」

「うん。ありがとう。でも、ほんとになんでもいいからね」

そのまま二人でショッピングモールに向かったが、向かいながらなにがいいのか色々脳内で考えてみた。

服は自分で買いたいよな。女の子といえばぬいぐるみだけど、この前ぶたのぬいぐるみをあげたしな～。

やっぱり女の子といえば貴金属か。しかし春香が貴金属をつけているのを見たことがない。

指輪もピアスも校則で禁止されているし、ちょっと俺がプレゼントするにはハードルが高すぎる。

やっぱり、なにがいいかわからない。

春香と会話しながらも頭の中ではプレゼントのことばかり考えていた。

ショッピングモールについて、さっそく館内をまわることにしてウィンドウショッピングをはじめた。

ブランド物のバッグのイメージもないしな。

「ほんとになにがいいか言ってくれないかな。俺には全く思いつかないんだよ」

「えっとそれじゃあね、安いのでいいからブレスレットがいいかな。そういえば海斗も時々ブレスレットしてるよね」

「ああ、俺のはマジックアイテムなんだよ。ちょっと呪《のろ》われてるけど」

「えっ？　呪われてるの？　それって大丈夫なの？」

「ああ一瞬《いっしゅん》だから大丈夫だよ」

「そういうもんなんだ。それじゃあ、呪いのアイテムはちょっと無理だからデザインがお揃いっぽいのがいいな」

「えっ!?　お揃い……ああそう、そうね。お揃いね。いいんじゃないかな。うんいいね」

二人で最初に見たのはストーンショップだ。それっぽいデザインの物を見つけて春香が手にとって、これがいいかなというので値札をみると千八百円だった。いくら俺でもこれをプレゼントするわけにはいかない。

俺が次に連れていったのは、カジュアルな感じのジュエリーショップだ。

青といえばサファイアだな。小さなサファイアのついたブレスレットを発見して値札を見ると三万円だ。

さすがに今日と、この前に春香がディスカウントしてもらった金額には全然届かないが、これ以上高いと引かれそうだ。

店員さんにお願いして春香につけてもらったが、なかなかいい感じだ。まあ春香がつければなんでもいい感じに見える。

春香も気に入ったように見えたのでお店の人に頼む。

「すいません。これください」

「ちょっとまって。こんなに高いものもらえないよ。さっきので十分だから」

「いやいや、俺の気持ちだから。春香には、本当にお世話になってるから。俺も探索者で結構稼《かせ》いでるから大丈夫」

「いや、でも悪いし」

「もしかしてこれ嫌《いや》だった？　気に入らないなら他のにしようか」

「ううん。このブレスレットはすごく可愛《かわい》いけど」

「じゃあ決まりだな。これください」

そのまま包装してもらって春香に渡《わた》した。

ちゃんとした物としては、ほぼ、はじめてのプレゼントかもしれない。

「ありがとう。絶対大事にするね」

満面の笑《え》みを浮《う》かべた春香を見て、プレゼントを勧めてくれた、おっさんへの感謝が止まらない。

こんなに天使の笑顔を向けてくれるなら毎日でもプレゼントしたいぐらいだ。

プレゼントって最高だな。いや、春香が最高だな。

第五章 十階層

きのう春香《はるか》に付き合ってもらって十階層用の装備を購入したが、いきなり十階層は苦戦するかもしれないので、まずは慣れている九階層で新装備を試《ため》そうと思う。

すでにブーツ、マント、ヘルメットは装着済みだ。

まずブーツだが砂場ではないので性能はイマイチよくわからないが、今までのスニーカーより重くて歩きづらいしなんか硬《かた》い。

ブーツを履くこと自体が初めてなので、慣れるまでにしばらくかかるかもしれない。

次にマントとヘルメットだが、これはどちらも非常に快適だ。

十階層のように暑くはないが、九階層でも効果は体感でき、身体全体が涼しい。これならば十階層でもかなり効果的だろう。

ただ今までマントなんか羽織ったことがなかったので腕《うで》のあたりがひらひらするのが気になってバルザードの取《と》り扱《あつか》い時《じ》にちょっと鬱陶《うっとう》しい。これも慣れが必要かもしれない。

ヘルメットは今まで防具がなかった所に、防御《ぼうぎょ》効果と涼しさが相まって凄くいい。

九階層に来るのに一度十階層に飛んでから登ってきたのだが、十階層にたむろしていた探索者の視線を感じた気がする。もしかしたら新品の新装備が目立っていたのかもしれない。

装備をそろえて、以前より探索者らしく見えるようになった気もする。

最後の新装備はベルリア用のバスタードソードだ。

ベルリアを召喚《しょうかん》してバスタードソードを見せてやると、文字通り泣いて喜んだ。

「ああっ。マイロード、これは剣ではないですか。私に賜《たまわ》れるのですか。本物の剣を賜れるとは感激です。この剣が折れるまで必死で頑張《がんば》ります」

「いや、折れちゃダメだろ。折らないように頑張ってくれよ」

「もちろんです。折らないように擦り切れるまで頑張ります。ううっ……」

「ど、どうしたんだ。なんで泣いてるんだよ」

「いえ、木刀を見せられた時にはどうしていいか戸惑《とまど》ってしまったのですが、お優《やさ》しいマイロードが私のための剣を購入してくれたと思うと嬉《うれ》しくて」

「ああ、それは良かった。そんなに喜んでもらえると俺《おれ》も嬉しいよ」

「この剣で次は魔剣《まけん》を賜れるように頑張ります」

いや、頑張っても魔剣は無理だと思う……。

「ま、まあいいや、頑張ってくれよ。それじゃあその剣を使って敵を倒《たお》してみてくれよ」

「まかせてください」

しばらく歩いているとシルが敵の出現を知らせてきた。

「ご主人様、敵がいます。三体です」

「ベルリア頼《たの》んだぞ。三体は厳しいだろうから一体は俺が受け持つよ」

「何をおっしゃいます。せっかく賜った剣のお披露目《ひろめ》なのですからマイロードは後ろでゆっくりとご覧になってください」

「ああ、そうか。じゃあ危なくなったらすぐに助けるからな」

「ありがとうございます。頑張ります」

なんかベルリアは頑張りますが多いな。まあぼちぼち頑張ってくれると嬉しいんだけど。

ベルリアが敵に向かっていくのを俺も追っていくが置いていかれる。

張り切っているのかスピードが速くなっている気がする。

リザードマンとホブゴブリンを発見すると同時に、ベルリアが素早《すばや》くリザードマンの懐《ふところ》に飛び込むとそのままバスタードソードを一閃《いっせん》し倒してしまった。

目には見えるもののタングステンロッドの時よりも明らかに速い。

やはり騎士《きし》にとって剣は特別なのかもしれない。やはり棒では本来の力が出せなかったのか。

ベルリアは不満そうだったが、俺にとってはタングステンロッドもかなり重宝する武器だった。

返す剣でもう一体のリザードマンに斬《き》りにかかったが、さすがに相手も読んでおり、武器で受け止められるが、ベルリアは押し合わずにそのままスルッと横に抜《ぬ》けて斜《なな》め後《うし》ろから斬り伏《ふ》せた。

残ったホブゴブリンと相対したが今度は適度な距離を保って間合いを測っている。ホブゴブリンがフルスイングで攻撃《こうげき》してきたのを、さっと避《よ》けそのまま踏《ふ》み込み腕を斬り落とした。

「グギャギャギャー」

暴れるホブゴブリンをそのまま追撃《ついげき》しあっさり斬り倒してしまった。

強い。マッチョなおっさんの時には分からなかったが、ベルリアは技巧派《ぎこうは》だ。今の小さい身体で、力押しではない、素人《しろうと》の俺から見ても修練された技術で敵を倒した。

チビだけどカッコいいな。やはりこいつは努力の悪魔だ。俺も今度剣術《けんじゅつ》教えてもらおうかな。

いずれにしてもベルリアは、あっさりと三体の敵を華麗《かれい》な剣技で倒してしまった。

「マイロード、素晴《すば》らしい剣をありがとうございます。私の体のサイズに合わせたような造り。やはり剣があると気の入り方が違《ちが》います。これから一層マイロードの為《ため》に頑張ります」

「ああ、それは良かった。期待しているよ。それはそうとかなり見事な剣技だったけど」

「ありがとうございます。私には剣の道しかございませんので、できる限りの修練を積んでまいりました」

「あのさ、もしよかったら俺にも剣技を教えてくれないかな?」

「もちろんです。喜んで教えさせていただきます」

「それじゃあ、お願いするよ。俺今まで剣技を誰《だれ》かに習ったことがないから、助かるよ」

「よければ今から始めましょうか?」

「いや、九階層で練習するのはちょっと怖《こわ》いから明日から一階層で頼むよ」

「はい、それでは明日からお願いします」

その日はそのまま、新装備の検証も兼《か》ねて九階層での探索を続けた。

翌日、約束通りいつもの練習スペースにやってきてベルリアを召喚する。

「じゃあベルリア、剣技の練習をお願いするよ」

「わかりました。マイロードの剣は小さな魔剣ですので、一から訓練したのでは時間がかかりすぎておそらくものになりません。まずは、その魔剣だけを使いこなせるように練習していきましょう。基本は素振《すぶ》りです。まずぶれることなく剣を振れるように素振りをしましょう」

ベルリアに言われて素振りを始めた。自分ではわからないがベルリアに言わせると、剣《けん》尖《せん》がぶれているらしい。サイズ的にどうしても片手で振るしかないのが原因だと思うが、魔氷剣《まひょうけん》などのサイズになると、更《さら》にぶれてくるとのことなのでその日は約一時間素振りだけで終わってしまった。慣れない素振りに手の皮がむけてしまい、かなり痛かったので『ダークキュア』で治してもらった。

次の日も放課後一階層に潜《もぐ》って素振りをさせられたが、腕だけでなく体も併《あわ》せて動くように指導され、また一時間程度やったが、かなり疲れた。素振りだけの一時間が思った以上にきつい。

ただ今後進むには必要なことだと思える。継続《けいぞく》して訓練を受けるためにも、当分の間、平日は一階層でまず一時間スライム狩《が》りをしてから、訓練をしようと思う。

また次の日も素振りをしたが、今度は正面からだけではなくいくつかの違う角度からの素振りもするようになった。併せて、足の運びと回避《かいひ》のための上半身の身のこなしの訓練もスタートさせた。

ベルリア曰《いわ》く、バルザードのサイズで相手の攻撃を受けるのは自殺行為《こうい》だとのこと。基本相手の攻撃については避ける事が必須《ひっす》だそうだ。常に足運びで全方向に対してスムーズな移動を練習して、特に危ない場面は上半身の動きで回避する。更に攻撃のあと剣を振った腕を攻撃されないように気を配るよう指導された。

指導されたからといってすぐにできるわけもなく、単調な訓練の繰《く》り返しだが、やらないよりはやったほうがいいに決まっている。

足運びは、習わないと自分では思いつかない部分だった。

次の日も同じ訓練をしてみるが、最後にベルリアが軽く攻撃してくるのを避ける訓練をやることになった。

「マイロード、万が一攻撃が当たっても『ダークキュア』で治りますので大丈夫ですよ。思い切ってやりましょう」

いや、いくら治るからといって剣で斬られるのは絶対に嫌だ。耐《た》えられない。

「ベルリア、最初だからな。そんなに思い切らなくていいからな。ゆっくりやってくれ、ゆっくりりな」

「そうですか。練習こそ本気でやったほうがいいのですが」

「いや、お前が本気を出したら死ぬ。死ぬ自信がある。絶対にやめてくれ」

「そうおっしゃるのでしたら、ちょっと加減しながらやりますね」

「ああ、頼むよ」

「ベルリア、ご主人様に怪我《けが》をさせたら承知しませんよ。調子に乗ってはいけません」

「シル姫《ひめ》、申し訳ございませんでした。肝《きも》に命じてかからせて頂きます」

　基本ベルリアの対応は俺に対してもしっかりしているが、シルとルシェへの対応は主人である俺以上のものがあるような気がする。なんの違いだろうか。

　ベルリアの対応に思うところはあるが訓練は別なので集中する。

「それじゃあ、いきますよ」

「ああ、いつでもきてくれ」

　そう言うと同時にベルリアが斬りかかってくる。

　軽くやってくれてるのだとは思うが、自分よりもかなり低い位置からの鋭《するど》い攻撃に感覚がついていかない。

　大きく避けて、剣戟《けんげき》を逃《のが》れる。

「マイロード、大きく避けすぎです。最小限過ぎると逆に危ないですが、もう少し小さな動きでお願いします」

そう言って再び斬りかかってくる。

小さな動き、小さな動き。

無理！

再び大きめに避けてしまった。

「マイロード、練習なのですから、当たっても大丈夫です。思い切ってやってみましょう」

だから大丈夫じゃないんだよ。

今度も上段から斬りかかってくると思ったら、突然横薙《とつぜんよこな》ぎに足を狙《ねら》ってきた。

「おぃ。危ないって。何するんだよ」

「マイロード、これは訓練ではありますが敵はワンパターンではありませんよ。色々な角度から攻撃はくるものです。フェイントだってあるのです。練習のうちから対応できるようにする必要があります」

言ってる事はわかる。本当に正しいと思う。思うがこっちは武術経験なしの只《ただ》の高校生だぞ。どう考えても無理だろ。

そう言いながらもベルリアは逆の足を狙って斬りつけてくるが、今度は虚《きょ》を衝《つ》かれなかったのでスムーズにバックステップでかわすことができた。

次は下から跳《は》ね上げるように斬りつけてくる。今までモンスターにはなかった動きに反応が遅《おく》れ少し掠《かす》ってしまう。

痛い……

痛がる暇《ひま》もなく返す剣で袈裟《けさ》斬《ぎ》りを仕掛《しか》けてくる。これも掠った直後で動きが硬くなって反応が遅れてしまい、くらってしまった。

カーボンナノチューブのスーツのおかげで斬れてはいない。いないがとてつもなく痛い。

「ストップ！　ストップだ、ベルリア」

「どうされましたか？　マイロード」

「いや、どうされましたって斬られたんだよ、お前に」

「別に傷を負った様子はないですが」

「ものすごく痛いんだよ。『ダークキュア』を頼む」

「そうでしたか、お待ち下さい。『ダークキュア』。これでいかがでしょうか」

「ああ、良いようだ」

「それでは」

と言うとベルリアがまた斬りかかってきた。こいつなんか容赦《ようしゃ》無いな。

今度は突きを仕掛けてきた。これもモンスターには無かった攻撃だ。とっさにバックステップを踏んだが、そこからさらに押し込んで突いてきた。

「グフッ」

痛い。

「マイロード、突きは後ろに避けるだけでは足りません。その後の動きに続けて動くか、横に避けてから攻撃に転じてください」

「お、おい。攻撃しても良いのか？」

「もちろんですが、私も避けますので簡単には当たりませんよ」

さっき避ける練習って言わなかったか？　こうなったら絶対当ててやる。なんかこの小さいのに一方的にやられるのは心情的にも我慢《がまん》できない。

体勢を整えると再度突いてきたので、指導を受けた通り左に避ける。

イメージ通り上手《うま》く避けたので攻撃に転じる。

その瞬間《しゅんかん》ベルリアが横に剣を薙《な》いだ。

「グゥウー。痛ってー。それはズルだろズル」

「マイロード、何度も申し上げますが、訓練は本番を想定しておこなうものなのです。ですからいろんなパターンを経験する事が必要なのです」

「ベルリア、そこそこにしてやれよ。シルにも言われただろ。海斗《かいと》はあまちゃんなんだから、あんまり厳しくしてやるな」

「はっ。ルシェリア姫の仰《おお》せのままに」

なんだこれ。なんか立場がおかしな事になってないか？

それはそうと、痛みの中でも俺は聞き逃さなかった。

ルシェが俺の事を海斗と呼んでくれた。今まで、「おい」とか「お前」としか呼んでくれなかったのに、今確かに海斗と呼んでくれた。感動だ。

「ルシェ、もう一回言ってくれないか？」

「は？　あまちゃんか？」

「いや、それじゃなくて俺のことだ」

「だからあまちゃんだろ」

「いや名前だよ、名前。今海斗って呼んでくれただろ。なあベルリア」

「ああ、確かにそう呼ばれていましたね」

「ベルリア。そんな呼び方してないだろ」

「はい、していません。私の勘違《かんちが》いでした」

おいおい、ベルリアそれはないだろう。せっかくの男同士なのに、お前への畏《い》敬《けい》の念が薄《うす》れていくぞ。

ベルリアの容赦《ようしゃ》のない指導と忠誠心の無さに心が折れそうになる。

避けそこない何度も攻撃をくらってとにかく痛い。手加減してもらっているのだが、とにかく痛い。

あまりに痛いので時々『ダークキュア』で治してもらうが、その時の痛みは消えるものの、やっぱり攻撃をくらうと新たな痛みが発生して痛い。

俺もバカではないのでやられてばかりではない、ベルリアの攻撃を避けた瞬間にバルザードの飛ぶ斬撃をかましてやった。

さすがに至近距離《しきんきょり》だったので多少はダメージを与《あた》えられたようだ。

「マイロード、今のはズルです。今はスキル等無しの剣術練習です。スキルを使用しての訓練は次のステップですので今のは、無しです」

ええ？　俺のはズル？

「ああ、ちょっとせこいな。いくら敵《かな》わないからってそれはないな」

ルシエ、お前まで。

「ご主人様、今のはちょっと……」

シル、お前もか。

「わかったよ。俺が悪かったよ。剣《けん》だけな剣」

その後も二十分ほど訓練を続けたが、そこまでが限界だった。

実剣を使った訓練がこれほど大変だとは思わなかった。とにかく集中力を要するし、体力の減りも尋常《じんじょう》ではない。素振りとは全く違う疲《つか》れ方《かた》だ。

ただ、今までやったことの無い本格的な訓練に充実感《じゅうじつ》も覚えている。当面平日はこのルーティンで臨《のぞ》もうと思う。


土曜日を迎《むか》え、パーティメンバーで本格的に十階層へと臨む事となったが、合流時に俺の新しい格好を色々指摘《してき》されてしまった。

ブーツは結構評判が良かったが、マントは見た瞬間になにかにかぶれてしまったのかと心配された。慌《あわ》ててエアコン内蔵なのを説明するとみんな納得《なっとく》してくれ、むしろ探索者《たんさく》っぽくていいんじゃないかとも言ってくれた。

問題はヘルメットだが、春香も微妙《びみょう》な反応を示したが、パーティメンバーの三人も微妙な反応を示した。

ファン付きで涼《すず》しい事を説明してもなお、微妙な反応だ。

探索者というより探検隊っぽいとのことだった。まあ、探検隊の隊員がヘルメットをかぶっているイメージがあるから仕方がないかもしれない。

みんなもそれぞれ装備品が更新《こうしん》されているが、ヘルメットではなく帽子《ぼうし》をかぶっているのと暑さ対策はハイテク下着で体温を調整しているらしいので、表面上はそれほど変化がなかった。

十階層に向かうと、ゲートポイントでもあるのでいままでの階層に比べて他の探索者パーティもちらほら見かけるが、一様に俺の事なのか、パーティ全体なのかは不明だが見られている感がある。

俺の新装備がそんなに目立つのか、他のパーティメンバーが目立つのかはよくわからないが注目されているのはわかる。こんなに視線を浴びるのはライフジャケットを装着していた時以来なので、ちょっと懐《なつ》かしい感じではあるが、そんなに見ないでおいてほしい。

「ミクさん、見られてますよね」

「海斗があれじゃしょうがないわよ」

「ですよね」

俺たちは周囲の視線をスルーしつつ遂《つい》に十階層エリアに本格的に乗り出した。

まずブーツだが重さはあるがスニーカーよりは、ずっと歩きやすいし砂も入ってこないので、ジャリジャリ感もなく快適だ。

暑さも前回に比べると、マントとヘルメットのおかげで劇的に改善している。

パーティメンバーの様子も確認《かくにん》してみるが、特に異常をきたしている感じもないので、みんなも問題なくいけているようだ。

「ご主人様、前方から敵が高速移動してきます」

なんだ？　どこから来る。また地下か？

そう思って足下《あしもと》に注意していたが実際には前方から猿《さる》っぽいモンスターが飛んできた。

文字通り飛んできた。　あまり大きくはないがチンパンジーほどの大きさのモンスターに羽が生えている。空飛ぶサル。もしかして天使の祖先か？　とバカな妄想《もうそう》に耽《ふけ》る間もなく高速で上空から迫《せま》ってきたので全員で一撃《いちげき》目を回避する。

「みんな、機動力はあっちが上だから近づかれる前にしとめよう。ミクとあいりさんは魔《ま》核銃《かくじゅう》、ヒカリンは『ファイアボルト』で迎撃《げいげき》。ベルリアはみんなを守れ」

俺もバルザードを構え飛ぶ斬撃を発動させるが、今までの敵に比べると身体《からだ》が小さいのと思いのほか移動速度が速いせいでなかなか当たらない。おまけに上空からなにかを投げつけてきたが、控《ひか》えていたベルリアが剣を振るい撃《う》ち落とす。

なんだ？　なにを投げてきているんだ。

「マイロード、恐《おそ》らく魔法《まほう》です。魔法で毒物を射出してきていると思われます」

「毒物？　ベルリアは大丈夫なのか？」

「私は耐性《たいせい》があるので問題ありません。皆《みな》さまをお守りします」

今までより小さい風貌《ふうぼう》にちょっと舐《な》めていたかもしれない。上空から魔法で毒物を射出してくる。遠距離《えんきょり》攻撃《こうげき》を持たなければ手詰《てづ》まりになるような強力な攻撃じゃないか。

とにかく撃ち落とすしかない。

何度か繰り返すが、上空の動く敵がこれほど厄介《やっかい》だとは思わなかった。

当たらない……

天使の先祖ではなく、空飛ぶ猿。名前がわからないので、飛猿と名付けるが、攻撃が当たらない。

最近サイズの大きいモンスターが多かったので、攻撃自体はそれほど苦労せずに当たっていたが、こいつには当たらない。

地上の敵であれば、連射でなんとかなるのだろうが、空から立体で攻《せ》められるとこんなに厄介だとは思わなかった。

連射性能が高い魔核銃が数発当たっているようだが、致命傷《ちめいしょう》には至っていない。

バルザードの斬撃はスピードが遅《おそ》いのと、狙いが大雑把《おおざっぱ》になってしまうので諦《あきら》めて魔核《まかく》銃《じゅう》に持ち替《か》えている。

ヒカリンも魔法が当たらないので魔核銃を手にしており、四人で魔核銃スタイルになっている。

しかし当たらない。ライフルかなにかがあればちょっと違うかもしれないが、短銃《たんじゅう》スタイルの魔核銃では相性《あいしょう》が悪い。

隼人《はやと》のスキル『必中投撃』がほしいところだが、一方的に空から攻められるのはまずい。

「シル、『神の雷撃《らいげき》』を頼む」

「かしこまりました。まかせてください。『神の雷撃』」

『ズガガガガーン』

いつもの爆音《ばくおん》と共に一瞬で飛猿が消失した。

「「「さすがです」」」

いつもより、声が多いと思ったらベルリアも他の三人と一緒《いっしょ》にシルを称《たた》えていた。

「本当は、シルに力を借りる気は無かったけど、このまま被害《ひがい》が増えてもまずいから。やっぱり十階層だけあって、このまま進むのはなかなか厳しいと思う。今後も厳しい場面では、シルとルシェには手伝ってもらおうと思うんだけど、いいかな」

「「「もちろん」」」

なぜお前も交じってるんだベルリア。

自分たちだけで探索を進めたかったので不本意だが、みんなの安全には代えられないので、今後はシルとルシェにも臨機応変に参戦してもらう事にした。

方針を転換《てんかん》した後も探索を続けているが、思ったほど進まない。

砂地で歩くことがこんなに困難だとは思わなかった。デザートブーツを履《は》いていても戦《せん》闘《とう》では予想以上に足をとられ、消耗《しょうもう》してしまう。

それとせっかくベルリアとステップの訓練をしているのに砂上ではステップが踏めない。最小限の動きで避けるように訓練したが、極力大きく動いて避けなければ、自分の感覚以上に可動域が狭《せま》くなってしまっている。

「ご主人様、正面から敵が五体です」

五体か。この階層では今までで一番数が多い。

正面から、直立したトカゲのようなモンスターが迫ってくる。

速い！

リザードマンではない、水上を走るバシリスクのような感じで砂の上を難なくかけてくる。

どう見ても俺らよりも機動力が上だ。

「シル、『鉄壁《てつぺき》の乙女《おとめ》』を頼む。みんなサークル内に入って各自攻撃してくれ」

『プシュ』『プシュ』

魔核銃で狙い撃つが、鱗《うろこ》に守られているのか効果が薄い。

「ヒカリン、『アースウェイブ』を順番に頼む。ミク、『幻視《げんし》の舞《まい》』で足止め頼む。スナッチにも攻撃を指示して！」

矢継《やつ》ぎ早《ばや》にメンバーへと指示を飛ばして俺も攻撃に備える。

『アースウェイブ』

ヒカリンが『アースウェイブ』を発動するが、敵は大きくジャンプし飛び越《こ》えてくる。

砂場だから『アースウェイブ』が有効だと踏んだのだが、砂走りとでもいうべき走り方には無効だったようだ。

「すまないヒカリン、『アイスサークル』に変更《へんこう》して」

最初の一体がサークルまで到達《とうたつ》して攻撃を仕掛けてくる。

ベルリアが直ぐに斬り倒したが、それを見た残りの四体は方向転換し一定の距離《きょり》を保ってこちらを窺《うかが》っている。やはりそれなりの知能があるようだ。

一体をヒカリンの『アイスサークル』が捉《とら》える。それとほぼ同時に二体が奇妙《きみょう》な動きを見せ始める。

どうやらミクの『幻視の舞』にかかったらしい。残る一体は効果から逃れたようだ。

「ベルリア、あいりさん、いきますよ。無傷の奴《やつ》に注意してください」

三人で飛び出して、まず『アイスサークル』にはまっているモンスターを撃退《げきたい》しようとするが、なぜかベルリアだけが速い。俺とあいりさんが砂に足をとられて移動速度が落ちているのに対して、特に普段《ふだん》と変わらない速度で走っている。なぜだ？　悪魔《あくま》って砂は問題じゃないのか？

結果ベルリアだけが先に到達したので一人でモンスターを斬り伏せた。俺とあいりさんはそれを見て、ターゲットをふらふらしている二体に切り替えて攻撃する。

あいりさんも『斬鉄撃』を発動しているようで一撃で撃破《げきは》した。

俺も飛び込《こ》んでバルザードを突き刺《さ》して敵を爆散させる。

残る一体は走り回りながら攻撃をうかがっているので斬撃を飛ばすが、敵の素早い動きになかなか当たらない。

決め手を欠く中、俺の横をスナッチが高速ですり抜けていく。敵近くまで駆《か》けていき『ヘッジホッグ』を発動して、全身串刺《くしざ》しにしてしまった。

全員の連携《れんけい》で無事に五体を倒すことができたが、やっぱり手強《てごわ》い。十階層のモンスターは、個別の強さはそこまででもないが、それぞれが特徴《とくちょう》を備えており、うまく噛《か》み合わないとなかなか苦戦してしまう感じだ。まだまだ序盤《じょばん》なので気を抜かずに進んでいかないと危ない。

その後数回の戦闘を経て、既《すで》にメンバーもかなり疲れている。

足が重い。喉《のど》が渇《かわ》く。

マントとヘルメットの効果でかなり軽減しているはずなのに汗《あせ》が止まらない。

一番の問題は水だ。邪魔《じゃま》にならないレベルでもってこれるのはペットボトル三本程度。既に二本を飲み干してしまった。

他のメンバーはマジックポーチがあるので問題はなく、むしろ俺の分も用意してくれようとしている。

メンバーに頼《たよ》るのは恥《はじ》ではない。それはわかっているのだが、俺の中の小さなプライドが邪魔をする。できることならこのくらいは自前で済ませてしまいたい。

一番安いマジックポーチが一千万円程度。今までの稼ぎ全部合わせても足りない。税金と学費分は残しておきたい。それを考えると今度はケルベロスでも出ないだろうか？　一気にポーチまで到達できそうだ。いや、それよりもベルリアを売却《ばいきゃく》しなかったのが間違《まちが》いだったのかもしれない。

いろいろ考えてしまうが今更《いまさら》なので、せめてボロくてもいいから中古って売ってないんだろうか？　中古で半額セールとかないかな？　それならなんとか手が届く。今度ダンジョンマーケットを物色してみよう。

喉が渇くとそんなことばかりが頭の中をぐるぐる回っている。

「そういえばベルリア、お前戦闘の時、全然移動スピードが落ちないんだけどあれって悪魔だからなのか？」

「いえ、そうではありません。砂上を走る技術です。足の裏を極力垂直に接地させて素早く動かして、砂の影響《えいきょう》を受ける前に次の足に重心を移動させるのです」

おいおい、それって忍者《にんじゃ》走りみたいじゃないか。俺にはどう考えても無理っぽい。

「ああ、そうなんだ。そういえば、シルもできるのか？」

「ちょっとやり方は違いますが出来ます。まあ飛んでもいいですし」

「そうか、シルだもんな。ルシェはどうなんだ？」

「も、もちろんできる。そんなのできるに決まってるだろ」

「ルシエ、嘘《うそ》はダメだぞ。嘘は」

「嘘じゃない。できる」

「じゃあ、あっちまで走ってみてくれ」

「う、わかったよ。走ればいいんだろ」

そう言ってルシェが砂の上を走り出したが、普通《ふつう》に遅い。

「どうだ」

「どうだと言われてもな。できてないぞ」

「ふん、わたしは前衛じゃないからいいんだよ。走らないから問題ないんだ」

「ああ、そうかルシェだもんな。まあいつものことだから頑張ろうな」

やっぱりルシェは運動が苦手のようだ。平地での戦闘は難なくこなすのに、泳ぎといい今回の事といい親近感がわくので俺としては仲間がふえて嬉しい。

「ご主人様、敵です。たぶん砂の中です」

またあのミミズのお化けか？

そう考えて足下に神経をとがらせていると、足下の砂が動いた。動いたというか底が抜けたように飲《の》み込まれ始めた。

「やばい！　飲み込まれる。みんな逃《に》げろ」

声をかけると同時に全員左右に飛びのいて足を取られるのを防いだ。

正確には俺とルシェを除いてだが。

俺も声をかけた直後に飛びのこうとしたのだが、何かに引っ張られて飛ぶことができなかった。

突然《とつぜん》後ろから引っ張られて、あわてて振《ふ》り向くと、ルシェがしっかりと俺のマントの裾《すそ》を握《にぎ》りしめていた。

「ルシェ、お前なにするんだ。飛べなくて飲み込まれてしまうぞ」

「あ、ちょっとタイミングを逃しちゃって、思わず掴《つか》んじゃった♪」

おい、なに可愛《かわい》く掴んじゃった♪　だよ。

「ご主人様逃げてください。モンスターはこの下です」

そうだろうな。それ以外に考えられないよな。

ただな、シル、もうしっかり足を取られてしまって動けないんだよ。どうしたらいいだろう。

冷静を装《よそお》ってみているが普通に焦《あせ》る。

「シル、ごめんちょっと無理。どんどん沈《しず》んでいくだけで、上がれそうにない」

「ご主人様、モンスターが迫ってきています」

そうだろうね。ちょっとやばいな。ちょっとじゃなくかなりやばいな。

とりあえず腕は動くので『ウォーターボール』を発動し魔氷剣を作り出して、足下に向かって斬撃を飛ばしてみたが砂に阻《はば》まれ効果が薄い。

これは本格的にやばい。

「ルシェ、足下に向かって『破滅《はめつ》の獄炎《ごくえん》』を放てるか？」

「バカ、そんなことをしたらお前が丸焼きになるぞ。丸焼き海斗だぞ」

おおっ、また海斗と呼んでくれた。感動だ。感動だが、今はそれどころではなくやばい。

『ウォーターボール』『ウォーターボール』

魔氷剣に重ねがけをして魔氷槍《そう》に変化させ足下をとにかく突いてみた。

砂の中をブス、ブス、と刺していくが手応《てごた》えがない。もっと深いところにいるのかもしれない。

そうこうしているうちに、砂の円が大きくなり始めて、底の方を見ると蟻地獄《ありじごく》が大きくなったようなモンスターが待ち構えている。明らかに俺《おれ》を食べようとしてその大きく恐ろしい口を開いているのが見える。あれに噛まれたら死ぬ。必死でもがいてみるが、下方向へ流される方が早い。

今度は槍の刺突《しとつ》を飛ばしてみたがやはり砂が邪魔だ。パーティメンバーも上から蟻地獄を攻撃してくれているが、やはり難しいようだ。

こうなったら『暴食の美姫《びき》』を使うか？　ただあれは、あまり使いたくはない。他の方法はないか？

「おい、そろそろやばいぞ。なんか考えろよ」

「わかってるよ。ちょっと待てって」

「いざとなったら『破滅の獄炎』使うからな」

「いや、ちょっと待て。使ったら俺丸焼けになるんだよな。それは勘弁《かんべん》してくれ」

だが他に案も思いつかない。どうする。

「シル、『戦乙女の歌』を使ってくれ」

すぐに頭の中にシルの歌声が聞こえてくる。それと同時に高揚《こうよう》感と共に力が湧《わ》き上がってくる。

「うぉおおおおおおお～あぁ！」

俺は腕《うで》に全ての力を集約して、そのままルシェを砂地から引っこ抜いて思いっきり上方にぶん投げた。俺の力ではそれほど上方には持ち上がらなかったが、『戦乙女の歌』の効果でルシェ自身の能力がアップしていたこともあり、上のメンバーの力を借りてどうにか脱出《だっしゅつ》できたようだ。

次は俺の番だ。みなぎる力で目《め》一杯《いっぱい》抜《ぬ》け出そうともがいてみたが、やっぱりダメだ。もがいて片足が抜けそうになると今度はもう片方の足が更にめり込もうとする。まさに蟻地獄。

俺だけ抜けられない。

切羽《せっぱ》詰《つ》まって一切《いっさい》の余裕《よゆう》がなくなってしまった。綺麗事《きれいごと》を言っている場合ではない。このままだと食われてしまう。

「シル、一旦送還《いったんそうかん》するから、再召喚《しょうかん》したら俺の所から敵に向かって『神槍』を叩《たた》き込んでくれ」

「かしこまりました。お任せください」

死を目の前にしてフル稼働《かどう》した俺の脳がついに最適解を導き出した。

俺はシルを一旦《いったん》カードに戻《もど》してから、再召喚をかけた。

目の前に現れたシルが下方に向けて神槍を発動する。

「我《わ》が敵を穿《うが》て、神槍ラジュネイト」

シルは中心部のモンスターまで急下降して一気に消滅《しょうめつ》させたが、モンスターの消滅と共に流砂《りゅうさ》の流れがようやく止まった。

どうにか助かったようだが、とりあえず、

「る〜シェ。お前のせいでまた大変な事になったんだけど、いったいどういうつもりだ？」

「いや、とっさにな、目の前の物を掴んだだけだ。まあ大丈夫《だいじょうぶ》だったんだからいいだろ」

「なにを言っているのかな？　お前のせいで俺跳《と》べなかったんだけど。おまけに俺だけ抜《ぬ》け出せなかったんだけどな」

「そ、それはお前が鈍《にぶ》いからだ。重いから沈んだだけだろ」

「そもそもお前のせいで死にかけるのこれで何回目だと思ってるんだ？」

「はじめて、いや、二回目だったかな。まあ探索に危険はつきものだろ」

「いや、もっといっぱいだ。探索に危険はつきものだが、お前のお陰《かげ》で危険が増してるんだ。今回はさすがにお仕置きするぞ」

「ひっ。お仕置きってどうするつもりだよ」

「お尻《しり》ペンペンだ」

「いやだ。変態。スケベ。絶対いや」

「嫌《いや》がる事をするからお仕置きになるんだ」

「いやだ。ごめんなさい。助けてください。もうしません」

「前も同じセリフを言ったよな」

「ううっ」

「海斗さん、ルシェ様がかわいそうなのです。そのぐらいにしてあげてください」

「いや、一度きつくお仕置きしないとこいつはまたやらかす。俺にだけやらかす。絶対やらかす」

「ううぅ、何回だ？　一回だけか？」

「いや、十回だ」

「十回は無理。二回にしてくれ」

「八回だ」

「三回」

「六回だ」

「四回」

「しょうがない。大まけにまけて五回だ」

「ううっ。五回だな。しょうがない。やれよこの変態」

「ちょっと待て。誰《だれ》が悪いんだ？」

「ええっと。わたし？」

「そうだよな。俺を加害者のように言うのはどうなのかな？」

「うう、ごめんなさい」

「しっかり反省しろよ。じゃあ行くぞ」

『パチーン』

「ううっ」

「反省したか？」

「ああもちろん」

『パチーン』

「悪かったよ」

『パチーン』

「ごめんなさい」

『パチーン』

「もうしません」

「本当か？」

「本当です。ごめんなさい。もうしません」

「反省したか？」

「もう反省。すごく反省。最高に反省した」

「よし、じゃあ今回はおまけで四回で終了《しゅうりょう》な。今後は俺を危機に晒《さら》す様な事は控えてくれよ」

「はい、わかりました」

まあ、今回はちょっとやりすぎたかという思いもあるが、愛する妹のためにも必要な事だったたと思う。たぶんこれをやらないと、俺は近いうちにルシェのせいで死んでしまうような気がする。

心を鬼《おに》にしてのおしりペンペンだ。本当は心と手がちょっと痛い。きっとルシェはお尻が痛かっただろう。

蟻地獄から抜け出した俺たちは探索を打ち切って引き上げることにした。

もともと慣れないフィールドにもかなり疲労《ひろう》していた上にルシェがやらかして、更《さら》に体力を消耗したこともあり、探索を打ち切って帰ってきたのだ。

正直今日一日疲れた。ちょっと死にかけたし、砂と暑さにやられた。砂漠《さばく》に住んでいる人たちは毎日これに耐《た》えているのかと思うと頭が下がる。

普段冷暖房《ふだんれいだんぼう》完備の生活を送っている俺には今までで一番過酷《かこく》なダンジョンフィールドだと思う。

今日の事を思い返してみるが、今までとは全く違《ちが》う感じのモンスターばかりでてきた。特殊《とくしゅ》な感じのやつが多いので、この階層でずっとこれが続くようだと対策しづらい。

とにかく明日はペットボトルを凍《こお》らせて持ち込むことにしよう。

俺はマントのバッテリーを忘れずに充電《じゅうでん》して眠《ねむ》りにつくことにした。

翌朝になって眼が覚めるが、やはり身体が重い。急激な環境《かんきょう》変化に身体がついていっていないのだと思うが、これればかりは徐々《じょじょ》に慣れていくしかない。重い身体を無理やり動かし、準備をしてから、ダンジョンに向かってメンバーと合流した。

「みんな、体調は大丈夫か？」

「ああ。ちょっと身体が重いな。出来れば休憩《きゅうけい》を挟《はさ》みながら探索してもらえると助かる」

「お風呂《ふろ》でストレッチしてきたからなんとかね」

「ずっと身体が日焼けのあとみたいな感覚なのです」

他のメンバーもやはり疲労が残っているようだ。やはり調子に乗らず少しずつ進むことにしよう。

そう思いながら全員で十階層に到着《とうちゃく》したが、十階層では先日同様視線を感じる。いったいなんだと言うのだろう。

なんとなく居心地《いごこち》も悪いので早速探索《さっそくたんさく》を開始する。

「なあ、ミク、なんかこの階層になってから、他の探索者に見られてないか？」

「まあ、見られてるかもね」

「やっぱりそうだよな。いったいなんなんだろうな」

「たぶん海斗さんですよ」

「俺？　いや、みんなだろ」

「いや、たぶん海斗だと思う」

「いやいや。なんで俺？」

「まあ、海斗はそれでいいと思うよ。海斗らしいから」

「どういう意味だよ」

「褒《ほ》めてるのよ。いい意味で」

「はあ、そうなのか？」

みんなはそう言っているが、まあ俺がそんなに注目を浴びるとは思えないので、可愛い女の子三人が目立つのだろう。サーバントも出しているから、シルとルシェが目立っているのかもしれないな。だが十階層はモンスターのエンカウント率が高いし、ギルドにもしっかりバレたから開き直ってサーバントを最初から召喚している。まあ他の探索者には、どこの誰だかわからないだろうから問題ない。

「ご主人様、モンスター二体です。気をつけてください」

どこだ？　気配が感じられない。

「シル、どこにいるんだ？」

「わかりませんが、近いです」

また足下か？

「ベルリア、どこにいるかわかるか？」

「いえ、近くにいるような気はするのですがはっきりとはわかりません」

どこだ？

『シュッ』

俺の足下になにかが巻きついて、思いっきり引っ張られて激しく転んだ。

なんだ？

「ご主人様を離《はな》しなさい」

シルが巻きついた何かに攻撃《こうげき》しようとするとスルッと外れて何も見えなくなってしまった。

なんだ？

「シル、『鉄壁の乙女』を頼《たの》む」

起き上がって体勢を整える。いったいさっきのはなんだったんだ？

「みんな気をつけてくれ。さっきのなんだったか見えたか？」

「よくは分からなかったのですけど、たぶんなにかの長い舌じゃないかと思うのです」

「舌？　じゃあ近くにモンスターがいるのか？　まったく見えないけど」

話していると、突然敵からの攻撃があり光のサークルの表面にべったり何かの舌が張り付いている。

この長い舌、もしかしてカメレオンか？

長い舌だけが見えているが姿は見えない。この長い舌はカメレオン系の舌に違いない。

本体は砂に擬態《ぎたい》して見えないのか？

「ルシェ、『破滅の獄炎』でそのあたりを焼き払《はら》ってくれ」

「わかった。さっさと燃えろ。『破滅の獄炎』」

目の前を広範囲《こうはんい》に焼き払うと一箇所《かしょ》が不自然に燃えている。

どうやら見えないモンスターを捉えて焼き払えたようだが、一箇所しか変化がないので、どこかにもう一体いるはずだ。

どこにいるのかわからないので今度は後方を焼き払ってもらうが、しとめた感がない。

今度は両サイドをスナッチの『ヘッジホッグ』とヒカリンの『ファイアボルト』と俺の『ウォーターボール』でそれぞれ無作為《むさくい》に撃ってみた。

しばらく様子をうかがっていると『ヘッジホッグ』の針が空中でモンスターの形に刺さっているのが見える。そしてそのまま消滅したようだ。

どうやら二体を倒《たお》すことができたようだが、最後まで姿は目視できないままだった。

戦闘は終了したものの、結局相手がなんだったのかはよくわからないが、おそらくカメレオンのようなモンスターが砂に同化していたのだろうとしか推測できない。

『鉄壁の乙女』のおかげで俺以外はノーダメージで攻略《こうりゃく》できたが、やはりこの階層はモンスターのクセが強い。シルのおかげで不意の攻撃は避《よ》けることができるが、見えないモンスターは脅威《きょうい》しかない。

モンスターの魔核を回収してからさらに進んでいく。

今俺のマントの中は蒸《む》れと、エアコン機能がせめぎ合っている。

いっそのこと、砂風呂《すなぶろ》として楽しんだらどうだろうか？

女性陣《じょせいじん》も合わせて、みんなで砂風呂体験をすると、この無駄《むだ》に熱いエネルギーを有効活用できるのではないか。

ゲートの脇《わき》を造成して砂風呂ランドを建設して入場料を取ったらどうだろう。

きっとこの暑さでダイエット効果抜群《ばつぐん》だと思う。もしかしたらダンジョン産の砂が特殊《とくしゅ》効果《こうか》を発揮して、美容や健康にも劇的な効果を発揮する可能性も否定できない。

あとはこの膨大《ぼうだい》な砂を建設業者にでも売れないものだろうか？

まあ運ぶ労力が高くつきそうだが、無限収納があればいけそうだ。もちろんそんなものはないけど。

それに掘《ほ》ったら石油でも出ないかな。モンスターの死骸《しがい》が化石燃料になったりして……。

ギルドに企画書《きかくしょ》あげてみようかなと、暑さのせいかバカな妄想を膨《ふく》らませながら探索を進めていると、

「ご主人様、敵三体です。ご注意を」

身構えてその場で待っていると、今度は羽の生えた猿が向かってきたが、手にはそれぞれ武器を携《たずさ》えており、一体はボウガンのようなものを身につけている。

「飛び道具を持っているやつをとにかく集中砲火《ほうか》しよう。ベルリアは残りの二体を牽制《けんせい》しておいてくれ。ヒカリン、『アイスサークル』が効果あるか試《ため》してみて」

「わかったのです。いきます。『アイスサークル』」

速攻《そっこう》でヒカリンが『アイスサークル』を唱えてくれたが、地面に氷柱《つらら》が出現したものの空中の猿には影響を与《あた》えることができなかった。

こうなったらとにかく撃ち落とすしかない。

俺はバルザードの斬撃を飛ばし、あいりさんとミクは魔核銃で、ヒカリンは『ファイアボルト』を一斉《いっせい》に浴びせかける。

全てが効果があったわけではないが、かなりの火力で一斉攻撃《こうげき》をかけたお陰で猿は傷だらけになり、羽が傷ついたせいで、地面に向かって回転しながら落ちてきた。

落ちてきたら、飛ばない猿はただの猿に過ぎない。俺とあいりさんが速攻で詰《つ》めて、斬《き》り伏《ふ》せた。

すぐに次の敵に向かう。残りは二体だと思っていたが一体はベルリアが相手にしているうちにスナッチが『かまいたち』で撃ち落としたようで、すでに消失していた。

残るは一体。

ベルリアを盾役《たて》にして、全員で再び一斉射撃《しゃげき》をおこなうと、あっさりと撃ち落とし撃破することができた。

昨日はかなり苦戦してしまったが、今回はかなりスムーズに倒すことができたのでよかった。

そして俺は、先ほどの戦いの最中大変な事を思いついてしまった。

それは『アイスサークル』の活用法だ。

「ヒカリン、ためしに『アイスサークル』を、そこに向かって発動してくれないか」

「え？　なにもないですよ」

「いいから、いいから。頼んだ」

「よくわからないですけど、それじゃあいきますよ。『アイスサークル』」

目の前に再び大きな氷柱が現れたので、俺は氷柱に向かっていって飛びついてみた。

おおっ。当たり前だが冷たい。

「みんな、一緒にやってみようぜ。冷たくて気持ちいいよ」

「えっ？　魔法ってそんな使い方大丈夫なの？」

「大丈夫、大丈夫。なんともないって。グズグズしてたらなくなっちゃうぞ」

みんな躊躇《ちゅうちょ》していたが俺が気持ちよさそうにしているのをみて、全員が氷柱に群がってきた。

「本当なのです。冷たくて気持ちいいです」

「ああ、この暑さにはたまらないな」

「ご主人様、素晴《すば》らしい思いつきですね」

「ああ、たまにはいいこと思いつくもんだな」

たまだけ余計だがとにかくいい感じだ。効果が切れるまであと少しだと思うが、それまでは離さない。

みんなでべったりと張り付いているとほどなくして氷柱が消え去った。

「ヒカリン、今後は戦闘後の休憩時間に『アイスサークル』を発動してもらっていいかな。戦闘は、ちょっと省エネでやっていって、こっちにMPを回そう」

「わかりました。魔法は発想と使い方でいろんな可能性があるのかもしれませんね。今回は勉強になったのです」

ただの思い付きなので本当はそんな大層なものではない気がするが、みんな満足そうなのでよかった。

探索《たんさく》は、俺の思いついた『アイスサークル』作戦が功を奏し、随分《ずいぶん》とペースが上がってきた。

途中《とちゅう》ヒカリンにばかり頼るのも申し訳ないと思い、俺の『ウォーターボール』も発動してみたが、全くダメだった。

みんなで分かち合うには小さすぎて、一応俺の手のひらは冷たかったが『アイスサークル』とは比べるまでもなかったのでヒカリンに一任する事にした。

用途《ようと》としては緊急時《きんきゅう》にのどを潤《うるお》すことくらいはできそうだが、ヒカリンと違ってＭＰがそれほど多くない俺がそんな使い方をできるはずもない。

その代わりに俺は戦闘を頑張《がんば》ることにした。

今までに出たモンスターに交じって初めてのタイプのモンスター、ラクダに乗ったリザードマンのようなモンスターが出現した。

ラクダとは以前も戦ったことがあるが、こんな風にペアで出現するのは初めてだった。

ラクダとは戦ったことがあるので少し気を抜いてしまったが、すぐに後悔《こうかい》した。

ラクダが異常に素早《すばや》かったのだ。

馬よりはるかに大きく、しかも速い。

上に乗っているリザードマンもどきは槍を持っている。

すれ違いざま、刺突を入れようとするが、あまりの勢いに回避《かいひ》を選択《せんたく》する。回避する瞬《しゅん》間《かん》に、ラクダの口から唾液《だえき》が放たれたが、生理的に受け付けず、身体《からだ》が反応して今までにないほどの素早い動きでどうにか避けることができた。

回避できたことにほっとしたのもつかの間、地面にかかったよだれによって砂が煙《けむり》を上げて溶《と》けている。

「酸か？　ラクダやばいな。みんな絶対ラクダのよだれをくらうなよ。とにかく近づいたら逃げろ。あと口めがけて集中砲火だ」

俺以外のメンバーも生理的に嫌だったらしく、嫌そうな表情を浮《う》かべながら大きく頷《うなず》いて速攻で連射し始めた。とにかく口めがけて撃《う》ちまくる。

しばらくするとラクダは頭部を失い、リザードマンだけが残されたが、リザードマンもどきは、そのまま槍を突《つ》き出しながら突進《とっしん》してきた。

突進に警戒《けいかい》しバルザードを構えて待ち構えるが、飛び出したスナッチがカウンターで『ヘッジホッグ』を発動して、難なく消滅させる事に成功した。

この日はこのあとゲートまで引き返す事となったが、女性陣が家に帰る前にシャワーブースでさっぱりしたいと言い出した。

気持ちはよくわかるので、日頃《ひごろ》の感謝を込めて、今回は俺が奢《おご》ることにした。

ブースの空きが三箇所しかなかったので、俺はサーバントたちと外で待つ事となったが、やはり他者の視線を感じる。

なんだというのだろう。女性陣のシャワー帰りを待っているので、なにか変な風に思われているのか？

俺は至って清廉潔白《せいれんけっぱく》だぞ。

視線が気になりながらもしばらく待っていると、

「スッキリした〜。気持ちよかった。海斗も次いっておいでよ」

「いや、俺は別にいいよ」

「私たちだけお金出してもらって入るわけにいかないからいってきて」

ミクが強く勧《すす》めてくるので、結局俺もシャワーを浴びる事になった。

シャワーブースは海水浴場にあるような感じのボックスになっており千円入れると五分間お湯が出るようになっていた。

そこまでの、スペース的な余裕がないためか、そもそも女性が少ないからか男女共通となっており、トラブルを防ぐために入室時に探索者票をスキャンする事で空室の場合解《かい》錠《じょう》する仕組みになっている。

早速《さっそく》、千円を入れてシャワーを開始する。

一応シャンプーとボディソープも完備されているのでしっかり汗と埃《ほこり》を落としていく。

「あーっ。気持ちい〜。さいこ〜」

もしかしたら俺の入浴史上最高の瞬間かもしれない。『アイスサークル』も最高だったが、それを遥《はる》かに凌駕《りょうが》するこの快適感。火照《ほて》った身体を冷やしてくれて疲《つか》れが洗い流されるようだ。

普段それほど入浴好きというわけでもないがこれは病《や》みつきになりそうだ。これで千円は安い。

しばらくすると、お湯の勢いが徐々に弱くなり最後出なくなった。

「あ〜っさっぱりした」

シャワーを終えて外に出るとみんなが待っていてくれたので合流する。

「海斗さんどうでした？」

とヒカリンが聞いてきたので、

「いや、最高だったよ。病みつきになりそうだよ。来週もみんなで利用しようか」

と上機嫌《じょうきげん》で答えたが、

「やっぱり海斗さんですね。安全ですね。安心なのです」

と返してきた。

「いったい何の話だ？」

「いえ、いいのです。私たちの期待通りのリアクションだったので、よかったのです」

「ああそう。それは良かった」

いまいちなんの話かわからなかったが、まあ特に問題なさそうなのでスルーしておいた。

俺の中でとりあえず来週もシャワーは確定だ。

第六章　黒い彗星

今日は一階層に潜《もぐ》っている。

スライム狩《が》りとベルリアとの鍛錬《たんれん》の為《ため》だ。

先週は全く歯が立たなかったので今週こそはと意気込《いきご》んで臨《のぞ》んでいる。

一番教えて欲《ほ》しかったのは、砂上での減速なしの移動法だったが、これは開始五分で諦《あきら》めた。

これは俺には、いや人間には無理だ。足が砂にとられる前に次の足を出す。理屈《りくつ》ではわかるが、アニメのキャラクター以外は実現不可能の技だろう。その場だけなら足の回転を上げることはできるが、当然それでは沈んでしまう。前に進みながら異常な回転率で進む。人間業《にんげんわざ》ではなかったので、開始早々に諦めた。これができるなら理論上水の上でも走れてしまう気がする。

どう考えても鍛錬やレベルでどうにかなる代物《しろもの》ではない。

まだダンジョンで飛行グッズを手に入れる可能性の方が高い気がする。

歩行術は諦めたので、かわりに素振《すぶ》りと、足捌《さば》きをしばらく練習する。

そしてついにベルリアとの訓練となった。

頭の中ではずっとイメージしてきたが、正直正攻法《せいこうほう》では勝てる気がしない。今練習しているのは基本。正統派の剣《けん》の基礎《きそ》だが、これは今の段階では全く通用するレベルにないのでこの際いったん忘れる。

今俺が出来る事をやるしかない。

「それじゃあ、ベルリア始めようか」

声をかけると、遠慮《えんりょ》なくすぐにベルリアが打ち込《こ》んできたが、警戒していたので初撃はかわすことができた。

俺は理力の手袋《てぶくろ》をいつもの右手ではなくひっくり返して左手につけて、右手にはバルザードを構え『ウォーターボール』を唱えて魔氷剣《まひょうけん》を発動していた。

右手に構えた魔氷剣を振るい、攻撃を開始するがまったく当たらない。

「マイロード、振りが甘《あま》いですよ。片手で振らずに両手で振るようにしてください」

「大きなお世話だ」

俺はベルリアの助言を無視して右手一本で攻撃を繰《く》り返すが、当然避けられて当たらない。

避けられた瞬間にベルリアの足をめがけて理力の手袋の力を解放する。

至近距離《しきんきょり》からなので、見えない俺の手はベルリアの足首をガッチリと掴む事に成功した。

掴んだ瞬間踏《しゅんかんふ》み込んでベルリアの体に斬り込む。

やった。

完全に決まったと思った瞬間ベルリアがステップを使わずに上半身の捻《ひね》りと移動だけで俺の攻撃をするりとかわしてしまった。

まるで特撮《とくさつ》映画のような動きに呆気《あっけ》にとられたが、気をとりなおして、今度は避けられないよう胴《どう》の辺りをめがけて横薙《よこな》ぎにしたが、今度はしゃがんで避けてしまった。

避けられた瞬間、見えざる手の効果が切れたらしくベルリアが踏み込んで俺にカウンターで胴体《どうたい》に一撃《いちげき》を返してきた。

「ううっ。痛い」

ベルリアは斬れないように剣の腹で叩いてきているが痛い。

「マイロード、なかなか上手《うま》い手だとは思いますが、セコイです。正々堂々とやりましょう。見えない手など邪道《じゃどう》ではありませんか？」

「なに悪魔《あくま》が邪道とか言ってるんだよ。正々堂々とやって勝てないから色々考えてやってるんだよ。セコイとか言うな。これでも俺の奥の手《おくのて》なんだぞ！」

「そうでしたか。失礼しました。頭を使って戦うのはいいことです。マイロードに最も適性があるのは暗殺者スタイルかもしれません。以前私も後ろからやられて致命傷《ちめいしょう》をくらいましたが、やられるまで全く気付くことができませんでしたからね。ただ今のように正面からやり合う場合には通用しませんからやはり、正攻法を身につけていただきます」

「暗殺者……俺だって別に暗殺者目指してるんじゃないからな。正統派の剣士《けんし》がいいに決まってるだろ。でもな、とりあえず今日はお前に負けないように色々やるからな」

正直、ベルリアの技量に感嘆《かんたん》しているが、これでもサーバントの三人の中では一番手が届きそうな存在なので、あっさり引くわけにはいかない。

サーバントの三人は本当に頼《たよ》りにしている。家族同然であるシルとルシェはもちろん、付き合いは短いがベルリアにもかなりの愛着を持っている。

しかし、サーバントにおんぶに抱《だ》っこは俺の望んでいる探索スタイルではない。

三人と並んでダンジョンを踏破《とうは》していきたい。

なのでまずはベルリアに並びかけたいと考えている。

ベルリアに並ぶことができて、初めて主人としてスタート出来るような気が勝手にしている。

今は全く勝てる気がしないが、いずれはシルやルシェにも並びたい。

「それじゃあ、もう一回いくぞ！」

「その心意気です。どのような手でこられてもすべて返させていただきます」

俺は訓練再開と同時に理力の手袋を即《そく》発動してベルリアの足首を狙《ねら》うが、あっさりとジャンプして躱《かわ》されてしまった。

「マイロード、続けて同じ手が通用するはずもありません。手は見えなくてもマイロードの視線で気がつきます」

視線で気がつくって達人か！　視線を向けずに使えってことか。そもそも目視なしで理力の手袋って発動するのか？

「言われなくてもわかってるんだよ！」

飛ぶ斬撃はこの前卑怯《ひきょう》だと禁止された。それならもう前に出るしかない。

俺はベルリアとの距離《きょり》を詰めるために踏み込む。

「マイロード、動きが直線的すぎます。スピードが足りません」

くそ！　これでも俺の最速なんだよ。

近距離からバルザードを振《ふ》るうが、見切られてことごとく跳《は》ね返される。連続した動きにだんだん息が上がってくるが、ここで手を緩《ゆる》めるとベルリアに斬られる。

「マイロード、動きが鈍くなってきていますよ」

まだまだいけると言いたいところだが腕に乳酸がたまって悲鳴を上げている。

長引けば俺に勝機はない。

剣ではかなわない。

俺は魔氷剣を振りながらベルリアに向けて肩口《かたぐち》からタックルをしかけた。

幼児のベルリアに対して体格は俺の方が勝っている。

「ぐぅう」

全身全霊《ぜんしんぜんれい》でぶちかますが、岩を相手にしているのかと思うほどにびくともしない。

「マイロード、体格を生かそうとする作戦なのは理解できますが悪手です。小さくなったとはいえ私も士爵《ししゃく》級悪魔です。肉弾戦《にくだんせん》で後《おく》れを取ることはありません」

ベルリアはそういうとあっさり俺のタックルをはじき返した。

地面へと転がった所を、ベルリアの剣を当てられ勝負はついた。

その後もベルリアとの鍛錬を日々重ねているが、いまだに一撃も入れられないまま、金曜日を迎《むか》えた。

学校の休み時間に真司《しんじ》と隼人《はやと》に二人の進捗《しんちょく》状況《じょうきょう》を聞いてみる。

「どうだ？　あの後ダンジョンの攻略は進んでるのか？　うまくいってるか？」

「ああ、アドバイスもらってから自分たちでも試行錯誤《しこうさくご》して、結構順調にいってるよ」

「それは良かった。俺《おれ》もようやく十階層までいったんだ」

「おおっ。やっぱりすごいな。そういえば十階層といえば噂《うわさ》聞いてるか？」

「いや、知らないけど何の話だ？」

「それが最近凄《すご》い奴《やつ》が十階層に現れたってギルドとかで周りの探索者が噂してたんだよ」

「へ～っ。どんな奴なんだ？」

「何か最近になって彗星のように現れた超絶《ちょうぜつ》リア充野郎《じゅうやろう》らしいんだ」

「超絶リア充？　俺には全く無縁《むえん》の話だな」

「それが噂によると、かぶれたマントと変なヘルメットをかぶってるらしいんだ」

「なんだそれ。そんなので超絶リア充なのか？」

「なんか噂によると顔は至って普通《ふつう》らしいんだけどそのパーティ構成がすごいらしい」

「凄いってどう凄いんだよ」

「まず、アイドル顔負けの美少女が三人いるらしい。それと十五歳《さい》未満は入れないはずだからたぶんサーバントじゃ無いかって噂だけど、超美幼女《ちょうびようじょ》が二名、それとなぜか小さい男の子までいたらしい。ちょっとぶっ飛びすぎてるから、半分以上は噂が噂をよんで誇張《こちょう》されてるのかとは思うけどな」

「……」

「どうした海斗《かいと》、お前見たことないか？」

「……」

「本当にどうしたんだよ。急に黙《だま》り込んで」

俺か？　その超絶リア充って俺の事か？　最近現れた、マントと変なヘルメット。顔は普通。美少女三人に超美幼女が二名、小さな男の子……

俺のパーティの構成にそっくり。いやそのまんまじゃないか。

そういえば十階層に上がってから視線は感じていた。感じていたが、ミク達でも見ているんだと思っていたが、まさかの俺だったのか？

しかし超絶リア充ってなんだ？　全く事実無根だぞ？　俺は一切《いっさい》モテていないぞ！

もしかして知らない人が見たら俺のパーティは超絶リア充パーティに見えるのか？　正直考えたこともなかった。シル達を見られるのが嫌で今まで人目を避けている節はあったがギルドに報告したからもういいかと思って気が緩んでいた部分もある。

しかし、彗星の如く現れた超絶リア充。一体誰のことだ。俺は違うぞ。断じてそうではない。そうだといいが残念ながら違う。

「海斗、なんか顔が青いぞ。大丈夫《だいじょうぶ》か？」

「あ、ああ、まあ、だいじょ……うぶ……だ」

「大丈夫に見えないぞ」

どうする。どうすればいいんだ。こんな時はどうすればいい。

「おい、本当に海斗どうしたんだよ」

「真司、隼人、俺たち友達だよな」

「おお、いきなりどうした。友達だよ」

「ああ、友達だよな」

「そうか、俺たち親友だよな」

「ああ、まあそうだな」

「あらたまって言われると照れくさいけど、まあそうかな」

「どうすればいいと思う？」

「はい？　何が？」

「いやだからどうすればいいと思う？」

「一体なんの話だ？」

「俺だと思う」

「いや、だから何が？」

「さっきの話だよ」

「どの話?」

「さっきの超絶リア充だよ」

「はい? 何を言ってるのか意味がよくわからないんだけど、なんの話だよ?」

「いやだから俺だと思う」

「ごめん海斗、お前が何を言ってるのかよくわからない」

「いやだから俺なんだって」

「う~んやっぱり何を言ってるのかわからない。わかるか隼人?」

「いや俺もなにを言っているのか全くわからない。話が噛《か》み合ってないのはわかるけど」

「いやだから、さっき彗星の如く現れた超絶リア充の話をしただろ」

「ああ、したけどそれがどうしたんだよ」

「だからそれ俺だと思う」

「すまん海斗、やっぱりなんの話か全くわからない」

「そうか。じゃあもう一回詳《くわ》しくその超絶リア充の事を聞かせてくれよ」

「ああ、なんか聞いたところによるとまだ十階層で目撃《もくげき》されたのは数回らしいんだけど、十階層まで行くと初心者卒業だから数が減るだろ。だから目立ってるとすぐ目につくらしいんだけど、噂の超絶リア充は最近になって突然《とつぜん》現れたらしい。最初に十階層で目撃された時はソロだったらしい。変なヘルメットと、かぶれたマントで目立ちまくっていたらしいんだ。その時は全くモテそうな感じじゃなかったらしいんだが、そのあとが衝撃的《しょうげきてき》で、次目撃された時は美少女と美幼女達に囲まれていたらしい。リアルのダンジョンでリア充ってそんなにいないから、異常に目立っているらしい。既《すで》に二つ名もついているみたいで、超絶リア充『黒い彗星』だそうだ」

「あのさ、そ、その『黒い彗星』ってなんなのかな？」

「なんでも彗星の如く現れたのと変なヘルメットが黒色で特徴的《とくちょうてき》だったかららしいけど」

「ああ、そうなんだ……」

「ただな、そのヘルメットが品薄《しなうす》らしいんだよ。俺も一応気になって見にいってみたんだけど黒だけなかった。やっぱ黒ヘルメットがモテるのかな」

「なっ……お前も見にいったのか。そ、そんな事に……」

「俺が知ってるのはこのぐらいだな」

「やっぱりまちがいない俺だ。俺しかいない」

「いや、だからなんの話かわからないんだって」

「よく聞いてくれ。そして俺を助けてくれ。頼むよ。その超絶リア充『黒い彗星』だけどな、まず間違《まちが》いなく俺の事だと思う。装備も全く一緒《いっしょ》だし、パーティメンバーも間違いない。だから俺の事なんだよ」

「え？　だってお前のパーティメンバーって四人だろ？　たしかにオープンキャンパスの

女の子たちは、可愛《かわい》かったけど」

「話せば長いんだけど、ポイントだけ話すな。確かに人間のメンバーは四人だ。俺と女の子三人だ。女の子も美少女三人で間違い無《な》いと思う。それとサーバントが三人いるんだ。美幼女が二人と男の子が一人、それにサーバントのカーバンクルが一匹《ぴき》追加だ」

「いやいや。ちょっと待ってくれ。美少女三人はわかったがサーバント四体ってなに？

この前一緒に組んだ時そんなのいなかったじゃ無いか」

「すまん隠《かく》してた。ちょっと照れくさいのと、変な目で見られそうで」

「そうなのか？　ちなみにどれが海斗のサーバントなんだよ」

「えっとな、美幼女二名と男の子一名だ」

「おいおい、ほとんど海斗のサーバントじゃ無いか。海斗の家って普通の家じゃなかったっけ」

「ああ至って普通、自信を持って中流家庭だ」

「じゃあサーバント三人なんかどうやって手に入れたんだよ」

「いやたまたまドロップして」

「おいおい、たまたまって、たまたまで三人？　考えられないな。お前運使い果たして死ぬんじゃないだろうな」

「不吉《ふきつ》な事を言うな。既に何度か危なかったんだよ」

「じゃあ、本当に海斗が『黒い彗星』なのか？」

「いや、その呼び方は勘弁《かんべん》してくれ。ちょっときつい。けど、まず間違いなく俺だと思う」

「は～。海斗が『黒い彗星』なのか」

「いやだからな。その呼び方勘弁してくれ」

「じゃあ彗星って呼ぼうか？」

「怒《おこ》るぞ！」

「じゃあブラックコメットか」

「真面目な話だ。どうすればいいと思う？」

「どうするって言われてもな。もう完全にばれてるし。どうしようもないんじゃないか？」

「そのうち、海斗が『黒い彗星』って認識《にんしき》されるだろうから、ちょっとした有名人になれていいんじゃないか？」

「本気で言ってるのか隼人。超絶リア充『黒い彗星』だぞ。この俺がだぞ」

「じゃあヘルメットの色を変えてみるか？　赤とかに」

「それは絶対にダメなやつだろ。訴《うった》えられるぞ」

「う〜ん。今更《いまさら》装備変えてもな。メンバー構成がばれちゃってるから難しいんじゃないか」

「そうだよな。真司どうすればいいと思う？」

「いっそのこと身バレしないようにマスクでもかぶるか？」

「さらにやばさが増してないかそれ？」

「まあ確かにな。ギルドに相談してみたらどうだ」

「まあ、それがいいかな」

「しかし海斗が超絶リア充『黒い彗星』だったとはな。噂聞いた時は半分嘘《うそ》かなんかだと思ったし、やっぱり羨《うらや》ましいとも思ったけど、実際の当事者目の前にするとなんか大変そうだな」

「ああ、参ったよ。俺の何処《どこ》に超絶リア充要素があるって言うんだ。事実無根、濡《ぬ》れ衣《ぎぬ》じゃないか」

「いや、まあお前の事よく知ってる俺らはわかってるけど側《はた》から見てるとな。しょうがないんじゃないか。大丈夫だとは思うけど葛城《かつらぎ》さんには知られない方がいいと思うぞ。『黒い彗星』の話は」

「さすがに俺でもそれはまずいのがわかる。大丈夫だ。絶対無いから」

真司たちの話に危機感を募《つの》らせた俺は、放課後速攻でギルドに向かうことにした。

いつものように日番谷《ひつがや》さんのところにいってみるが平日なので空いていた。

「こんにちは。ちょっといいですか？」

「はいなんでしょうか？　魔核《まかく》の買取でしょうか？」

「あのですね。いくつか聞きたいことがありまして」

「はい。私にわかることであれば」

「実は、最近噂になっている『黒い彗星』って知ってますか？」

「はい。超絶リア充『黒い彗星』ですよね。先週ぐらいから急に噂が広まったようなのですが、私も把握《はあく》はしております」

「ああ、やっぱり日番谷さんも知ってるんですね」

「まあ、普段《ふだん》あまり変化の無いダンジョンで突然現れたホットな話題ですからね。私の下《もと》にも噂が流れてきております」

「どんな風に聞いてますか？」

「なにやら不思議な装備の黒いヘルメットにかぶれたマント、異常に不細工なのに美女ばかり七人もはべらせて、幼女まで何人も引き連れているそうです。女の敵のような存在と聞いております」

「はい!?」

おいおい、なんか話が変わってるというかデカくなってる。美女ばかり七人？　幼女も何人も？　しかも異常に不細工？　いったいなんなんだ。

噂って怖《こわ》い……　あっているのが装備だけじゃないか。

「あのですね、日番谷さん。ちょっと相談があるんですけどいいですか」

「はい、なんでしょうか？」

「あのですね、非常に言いにくいんですけどたぶんその『黒い彗星』俺です」

「はい？　なにをおっしゃっているのか意味がわからないのですが」

「あの、超絶リア充『黒い彗星』たぶん俺です」

「いえ、高木《たかぎ》様。おっしゃっている意味がわからないのですが」

「だからその噂の『黒い彗星』俺のことだと思います」

「高木様。からかうのはやめていただけますか？　高木様のパーティは女性は三人だけですよね。しかも高木様は異常に不細工ではなく至って普通ではないですか。それに何人もの幼女など、どこにもいないではないですか」

「あのですね、その噂なんですが俺の聞いたのよりかなり話が大きくなっています。俺が聞いたのはヘルメットとマント、美少女三人に美幼女が二人と男の子のパーティです」

「え？　でもそれが高木様だと言われるのですか？」

「そうです。最近十階層に潜り始めたんですけど、確かに周りの視線を感じてはいたんです。でも俺に対してだとは思っていなかったんですよね。新しい装備とか他のメンバーに対してかなと思ってたんですよ。それが今日友達から『黒い彗星』の話を聞いてびっくりしてしまって、どうしていいかわからず、ここに相談しにきたんです」

「高木様、美幼女と男の子というのはもしかして」

「はい。男の子っていうのはこの前見せたサーバントです。レベルが初期化されたのと同時に幼児化してまして。俺どんな風に思われてるんですかね。やばい感じですかね」

「噂を聞く限り、羨ましいというのが大多数なのでは無いでしょうか？　異常に不細工というのもやっかみかと思います」

「あの、幼女趣味《しゅみ》とか変態とかっていうのは大丈夫ですかね」

「今のところそのようなニュアンスの話は聞いておりません。あくまでも超美幼女に対して羨ましいという感じでは無いでしょうか」

「そうですか。少し安心しました」

「高木様。失礼ですがそのような趣味がおありなのですか？」

「あるわけないじゃないですか。俺はノーマルです。どノーマル。同級生にしか興味はないんです！」

「ふふっ。冗談《じょうだん》です。あまりに真剣《しんけん》なのでからかってみたくなっただけです。申し訳ありません」

「冗談になってませんから！」

「すいませんでした」

「それはそうと、俺どうすればいいですかね。リア充でもないのに、そう言われるのに抵《てい》抗《こう》がありまして」

「いいえ、高木様は私からみても普通にリア充だと思いますが」

「なっ⁉　日番谷さん、リア充って普通女性にモテている人のことですよね」

「まあ一般的《いっぱんてき》にはそうでしょうね」

「俺、全くモテてないんですけど。というより普通よりもモテてないです。言いにくいんですけどはっきり言うとまったくモテてないんです。彼女《かのじょ》もいたことないですし」

「高木様、お言葉ですが、パーティメンバーは皆様《みなさま》、可愛い方ばかりではないですか」

「いやいや、パーティメンバーが可愛いのは、俺がリア充だからじゃないですよ。しかも、彼女たちとも一切、男女の付き合いはないんですよ。パーティメンバーがたまたま可愛い女の子たちだっただけです」

「ああ。そんな感じなのですね。高木様よく、円滑《えんかつ》にパーティを組まれていますね」

これは褒《ほ》められているのか？

「なんとかならないですかね？」

「そうですね。マスクとかかぶってみてはいかがでしょうか」

「本気で言ってますか？　余計怪《あや》しくなるだけじゃないですか」

「申し訳ございません。冗談です。ただ人の噂も七十五日と言いますのでその内収まるのではないでしょうか。ギルドから個人情報が漏《も》れることもありませんので、高木様個人の特定は難しいと思われます。開き直って有名人になったぐらいの気持ちでいればいいのではないでしょうか」

「そんな気持ちの余裕《よゆう》はないんですけど、他になにか対策はないですかね」

「事務所には様々な噂が入ってきますので、それに対して個別に対応することは難しいのが現状です。ただ、他の方達が羨むようなパーティメンバーなのですから自信を持って臨めばよろしいではないですか。私も一度サーバント達を拝見してみたいものです」

「そんなものですかね」

結局ギルドでも根本的な解決には至らなかったが、日番谷さんに言われて少し気が楽になった気がする。一番の懸念《けねん》だった変態扱《あつか》いされるどころか、今の所羨ましがられていると聞いて、かなりほっとした。

今後も気を抜《ぬ》かずにこれ以上目立たないように七十五日を過ごしていくしかないのかもしれない。

なにも解決はしていないが土曜日になったので、気を取り直して再び十階層に臨んでいる。

やはり十階層のゲートをくぐった直後から視線を感じる。

今までの俺であればきっと逃《に》げ出していたかもしれない。しかし日番谷さんと話して俺は吹《ふ》っ切れた。

七十五日の我慢《がまん》だ。しかも週末しか十階層には来ないので実質二十日程度だ。なんてことはない。個人情報が漏れない限り身バレすることもない。しかもサーバントも軽蔑《けいべつ》の対象ではなく憧《あこが》れの対象だと言っていた。もう俺に怖いものはなにもない。

「海斗、なんか先週と表情が違《ちが》う気がするんだけど。スッキリしたような感じがするわね。それにあのヘルメットはどうしたの？　気に入ってたじゃない」

「ああ、俺はちょっと生まれ変わったんだ。彗星のようにな」

「何それ。意味がわからないんだけど」

「まあ、気にしないでよ。俺の問題だから」

「それはそうと、今日は頑張《がんば》って探索《たんさく》進めようね」

「ああ、みんなで一緒に頑張ろうな」

最近少しペースを掴《つか》みかけているのでこの土日で一気に距離を稼《かせ》いでおきたい。

そう思いながら進んでいくとモンスターが現れた。

「ご主人様、モンスターです。三体いるようです」

どこだ？　また地下か？

警戒して進んでいくと今度は羽の生えた猿《さる》よりも一回り大きい、羽の生えたゴリラが現れた。

正直かなり違和感《いわかん》がある。とてもじゃないが天使の祖先には見えない。

「シル、『鉄壁《てつぺき》の乙女《おとめ》』を頼《たの》む。みんな遠距離《えんきょり》攻撃《こうげき》で迎え撃つぞ。ミクは『幻視《げんし》の舞《まい》』を頼む」

「おい、たまにはわたしも一緒にやらせろよ。最近出番が少なくて退屈《たいくつ》すぎる」

「ああ、そうか。それじゃあ、一体を『破滅《はめつ》の獄炎《ごくえん》』で頼むよ」

「一体だけ？　まあいいけど」

たしかに言われてみると、シルに比べても最近ルシェの出番が少なかった気がする。燃費が悪いし、俺たちの訓練にならないから控《ひか》えてもらっていたが、これからは少しずつ組み入れていこうかな。

空飛ぶゴリラが近付いてきたので全員で迎撃《げいげき》態勢に入る。

『破滅の獄炎！』

今までストレスがたまっていたのかルシェが速攻《そっこう》でスキルをぶっ放した。

気合いが違うのか一体の約束のはずが一瞬《いっしゅん》で二体いっぺんに消失してしまった。

「ルシェ、一体っていっただろ」

「一発で二体消えちゃったんだからしょうがないだろ。わざとじゃないから私は悪くないぞ」

それは、たしかにそうだけど。

『幻視の舞』

今度はミクが残った一体に向かってスキルを発動したが、発動後直《す》ぐに効果が現れ、空飛ぶゴリラは蛇行《だこう》しながら墜落《ついらく》して、ただのゴリラと化していた。

そこからはこの残りのメンバーの一斉射撃《いっせいしゃげき》を行い、あっと言う間に消失してしまった。

「お腹《なか》が空《す》きました」

「腹減った。魔核くれよ」

久しぶりにこのセリフも聞いた気がするが、魔核を渡《わた》してやると二人とも満足そうだ。

「今回は全くお役に立つことができませんでした。今度は私にも出番をお願いします」

ベルリアが悔《くや》しそうにアピールしてくるが、遠距離《えんきょり》だとこいつの出番はないんだからしようがない。

この後ダンジョンを進むと前回死にかけた蟻地獄《ありじごく》が出現したが、この前のお仕置きが功を奏したのか、ルシェが俺を引っ張ることもなく無事に全員が回避《かいひ》できた。

「こいつのせいでわたしは……！　く……あんな屈辱《くつじょく》絶対に許さない。百倍がえしだ。いや今すぐ死ね！　燃えてなくなれ！　『破滅の獄炎』」

ルシェが底にいる蟻地獄に向け怒《いか》りの獄炎を放ち、モンスターは一瞬で消し炭とかした。

だが、前回のはどう考えてもルシェが悪い。今のはあきらかにいいがかりだ。

ルシェが気が済んだのか得意そうな顔をしてこちらをしきりに見てくるので、ちょっと笑ってしまいそうになったが、

「ルシェ、今回は良かったんじゃないか」

と言うと上機嫌になったのでまあ良しとしよう。

「また今回も出番がありませんでした。今度同じモンスターが出たら飛び込んでいってしとめてやります」

「ベルリア、無理しなくていいぞ。遠距離の敵は俺らにまかせろって。近接の敵はお前が要になってくるんだからな」

「マイロード、お優《やさ》しいお言葉ありがとうございます。次こそ活躍《かつやく》してみせます」

まあ、みんなやる気があるのはいいことだと思うことにした。

あれほど苦戦していた十階層だが、サーバントの力を借りることにした恩恵《おんけい》と、ヒカリンの『アイスサークル』による冷却《れいきやく》効果のおかげで探索がどんどん進んでいる。

ただ、平地に比べると砂に足をとられるので体力的な消耗《しようもう》度は高く無理は禁物だがマッピングしている感じでは結構いいところまできている気がする。

「ご主人様、モンスターです。四体きます。注意をお願いします」

警戒《けいかい》していると前方から忍者《にんじや》トカゲが二体向かってきているが、残り二体が見当たらない。

カメレオン型か、土の中からの攻撃《こうげき》だろう。

「シル、『鉄壁の乙女』を頼む。ルシェ、トカゲを一体まかせた。俺とヒカリンでもう一体を、残りの二体が出てきたら、あとのメンバーで頼む」

ルシェは最近速攻で倒《たお》してしまうので、俺は残り一体に集中する。

素早《すばや》く動くトカゲに向かってヒカリンが『アイスサークル』を発動して氷漬《こおりづ》けにする。

氷漬けのトカゲに向かってバルザードの斬撃を二回飛ばして撃破《げきは》する。

残りの二体は、カメレオンとミミズだったようで、光のサークルによって弾《はじ》かれて姿を現したところを、スナッチが『ヘッジホッグ』を放ち、ミクが魔核銃《まかくじゅう》、あいりさんが薙刀《なぎなた》での直接攻撃をかけて撃破する事に成功していた。

残念ながら今回もベルリアの出番はあまりなかったようだ。

「ヒカリン、『アイスサークル』をお願い」

出現した氷の柱にみんなで張り付いて涼《りょう》を取るが、やっぱり砂漠《さばく》エリアはこれに限る。

おかげでクールダウンして、リフレッシュしたのでみんなで探索を再開する。

十階層のモンスターもそこまで種類が多くはないのでかなり手慣れてきて、どんどん倒していく。

ただ、遠距離攻撃のないベルリアの出番が思ったよりも少ないせいで、本人はアピールの場を奪《うば》われたような妙《みょう》なストレスがあるらしく、いつもよりも元気がないように見える。

先に進めばベルリアの活躍する場面も出てくるだろう。

一日の探索としては十分な成果を得ることができたので帰ることにする。いつもそうだが進むときはテンションも上がって疲労《ひろう》も感じにくいが、帰りはやっぱりつらい
家に戻《もど》ると母親がカレーを用意してくれていたのでありがたくいただいた。やはり疲《つか》れ

た身体《からだ》にはカレーが一番な気がする。明日に備えていつもより早めに寝《ね》ることにした。

翌朝、目が覚めるとカレーとしっかり睡眠《すいみん》を取ったおかげで体調は万全《ばんぜん》になっている。

早速《さっそく》身支度《みじたく》を整えてダンジョンへと向かう。

「おはよう。今日も頑張ろう」

「おはよう。十階層はやっぱり疲れが残るわね。いつもより身体が重いわ」

「わたしもなのです」

「二人ともか。あいりさんは大丈夫ですか?」

「ああ、私は普段から鍛《きた》えてるからな」

「そうなんですね。ミクとヒカリンはカレー食べたほうがいいんじゃないか?」

「え?　なんでカレー?」

「いや、だって疲れた時にはカレーだろ。おかげで俺は今日も元気だし」

「海斗さん、それはカレーじゃない気が」

「いや、カレーでしょ」

もしかしたらヒカリンたちはあんまりカレーを食べないのか?

カレー疲労回復説に懐疑的《かいぎてき》な反応だが香辛料《こうしんりょう》が疲労回復に効果があるのは科学的根拠《こんきょ》に

基づいてるんだぞ。

カレー談議に花を咲《さ》かせながら十階層のダンジョンへと進んでいく。

「ご主人様、モンスターです。こちらへ向かってきます」

シルが敵の接近を知らせてくれたので、臨戦態勢を整えて敵の襲来《しゅうらい》を待ち受ける。

「あれは、蚊《か》なのか？」

現れたモンスターは虫型だが、四体ともかなり大きい。蚊のようにも見えるが、少し違うか？

「海斗、おそらくあれは蚊じゃないな。蚊より羽が大きいし飛び方も違う」

「あいりさん、虫に詳しいんですか？」

「いや、虫は苦手だが小学校の時理科で習っただろう」

残念ながら、俺は蚊の飛び方なんか習った記憶《きおく》は無い。もしかしたら学校によって習うことが違うのか？

「それじゃあ、あれはいったい」

「あれは、カゲロウじゃないか？」

「カゲロウですか」

「ああ、おそらくあの蟻地獄型のモンスターが羽化《うか》したんだろう」

「え？　あれが、あのモンスターになったんですか？」

「ああ、蟻地獄はウスバカゲロウの幼虫だからな」

「もしかしてそれも小学校で習ったんですか」

「ああ、担任が理科の先生だったんだ」

ダンジョンで遭遇《そうぐう》するまで蟻地獄の実物を見たことすらなかったので、蟻地獄がウスバカゲロウの幼虫だったとは知らなかった。

いずれにしてもこちらへ向かってきているので倒さなければならない。

俺はバルザードを振るい斬撃を飛ばすが、独特の飛行軌道《きどう》にうまく当てることができなかった。

「わたしがやるのです。『ファイアボルト』」

ヒカリンが炎雷《えんらい》を発動し飛んでくるカゲロウを捉《とら》える。

「え？　どうして」

ヒカリンの放った炎雷は完全にカゲロウを捉えたかに見えたが、なぜか当たらなかった。

ミクとあいりさんも魔核銃で攻撃するが、攻撃が当たった様子はない。

「どういうことだ？」

「海斗、カゲロウは字のごとく陽炎《かげろう》を想起させる。なにかのスキルで攻撃を避《よ》けているんじゃないか」

たしかになにかのスキルを使っている可能性は高い。

あいりさんの言葉通りだとすれば幻術《げんじゅつ》の類《たぐい》かもしれない。

とにかく攻撃を当てないことにはどうしようもない。

「ミク、スナッチに『ヘッジホッグ』で攻撃させて」

「わかったわ」

単発で攻撃が当たらないなら、全部いっぺんに攻撃してしまえばいい。

ミクの指示を受けてスナッチがカゲロウに向かって駆《か》ける。

カゲロウの下まで到達《とうたつ》すると同時に鋼鉄のニードルを周囲に向かって放つ。

ニードルがカゲロウの本体を透過《とうか》するのが見えたが、その直後カゲロウの一体がその場から消失した。

スナッチの放ったニードルはたしかにカゲロウを捉えたが、俺たちの攻撃同様ダメージを与《あた》えることはできずに透過したように見えた。

だが、なぜか四体のうちの一体は消滅《しょうめつ》してしまった。

しっかりと見ていたが俺には理由がわからない。

「あいりさん、わかりますか？」

「いや、私にもどうなっているのかわからない」

「マイロード、私におまかせください」

そう言うとベルリアは、スナッチの後を追いカゲロウに迫《せま》り、ジャンプしてなにもない空を斬《き》った。

その瞬間《しゅんかん》、空を飛んでいたカゲロウの一体がなんの前触《まえぶ》れもなく消滅した。

「マイロード、見えているのは幻《まぼろし》です。本体は別の場所に潜《ひそ》んでいます」

そういうことか。

「ベルリア、後二体もわかるか？」

「おまかせください」

ベルリアに向け飛んでいるカゲロウが攻撃を仕《し》掛《か》けてくるが、ベルリアはその攻撃を完全に無視して、別の方向へと駆けジャンプと同時に剣《けん》を振《ふ》るう。

また一体が消え去った。

残るは一体のみ。

ベルリアがさらに動きを加速して空中へと剣を滑《すべ》らせる。

「マイロード、終わりました」

「ああ、ベルリア助かったよ。だけどよく幻術だってわかったな」

「はい、スナッチの攻撃が本体を捉えた瞬間が見えたので」

俺《おれ》には全く気付くことができなかったが、ベルリアにはあの瞬間が見えていたらしい。

それに、隠れている本体もベルリアだから見つけることができた気がする。

やはり幼児化していても剣を持ったベルリアの戦闘《せんとう》能力はかなりのものだ。

その後も、俺たちはサーバントたちの力も借りながら十階層のモンスターを退けながらマッピングを進めていった。

「みんな、たぶん後少しで十一階層への階段まで辿《たど》り着ける気がするんだけど、このまま進んじゃう？　どうしようか」

「マイロード、もちろん十一階層に進むべきだと思います。絶対にそうすべきです」

「他のみんなはどうかな」

「ちょっと早い気もするけどいいんじゃない」

「そうですね、進んでもいいと思うのです」

「任せるよ」

まあ、ベルリアがやたらと積極的なのを除いても概《おおむ》ね進む事に賛成のようなので行ってしまう事に決めた。

そこから三十分程度で下層への階段を発見した。

「ご主人様ご注意を。モンスターの気配があります」

階段を見つけてテンションが上がった瞬間にシルが冷静な声で告げてきた。

周囲を見回してみるが全く見つからない。

警戒してしばらく待機してみたが何も現れないので向かってみるしかなさそうだ。

「みんな、たぶん待ち構えていると思うけど、待ってても動きがなさそうだから思い切っていってみようか。シル、『鉄壁の乙女』を頼む。全員俺から離《はな》れないようについてきてくれ」

俺は『鉄壁の乙女』を発動したシルを抱《かか》えて階段までゆっくりと近付いていくが、階段の手前十メートルぐらいの位置まで来た瞬間、光のサークルに向かってなんらかの攻撃が加わったのが認識出来た。それと同時にすぐ手前にアリ地獄《じごく》とミミズのモンスターが二体出現した。見えない攻撃はカメレオン型だと思われるので十階層の隠密《おんみつ》モンスターが勢揃《せいぞろ》いした感じだ。

ただ『鉄壁の乙女』を展開しておいたおかげで、みんな無傷なので余裕を持って応対できる。

「ベルリア、ミミズ型を頼む。一体は俺が受け持つ。ルシェはアリ地獄を、残りのみんなでカメレオン型に一斉《いっせい》に射撃《しゃげき》してください」

俺は声をかけるとシルをその場に立たせてからミミズ型のモンスターに向かって駆け出した。

これを倒すと十一階層だと思うと自然とテンションが上がってしまい、遠距離攻撃だけでもよかったのに、自分からモンスターに近付いていってしまった。

もう一体はベルリアが相手をしてくれているので自分の相手にだけ集中をする。

ミミズ型の動きを見て、攻撃を予測して避ける。避けた瞬間にバルザードを横腹に突《つ》き刺《さ》して破裂《はれつ》のイメージをのせる。

『ボフゥン』

炸裂音《さくれつおん》と共にミミズ型の胴体《どうたい》を分断して消滅させる事ができた。

調子に乗って痛い目を見ることもあるが、砂地に慣れてきたおかげで今回は何事もなく倒すことができた。

ベルリアもミミズ型を滅多斬《めったぎ》りにして消滅させていた。ルシェも戦闘を終了《しゅうりょう》しているので残っているのは、カメレオン型のみだ。

俺も魔核銃を手に参戦してみるが、敵の居場所がよくわからないのでシルに確認《かくにん》すると、まだ近くにいるらしいので攻撃を継続《けいぞく》している。

「どこかに隠れているんだと思うけど、このままだと埒《らち》があかないな。ベルリア、場所の特定ができないか?」

「わかりました。ちょっと集中させてください」

そう言ってベルリアは剣を鞘《さや》に戻して神経を集中させ始めた。

「はっきりとはわかりませんが、そちらの端《はし》の方から生き物の気配らしきものを感じる気がします」

ベルリアの指差す方向にみんなで一斉に攻撃を再開すると、本当にモンスターが隠れていたようで、攻撃が命中している感じがある。更《さら》に追撃《ついげき》をかけ無事に消滅させることができた。

「無事倒すことが出来たようだから、ちょっとだけ十一階層に降りてみようか」

全員一致《いっち》で遂《つい》に俺たちは十一階層へと足を踏《ふ》み入れた。

初めて足を踏み入れた十一階層は十階層となんら変化なく正直拍子抜《ひょうしぬ》けしてしまった。

まあ十階層用に購入《こうにゅう》した装備が使い捨てにならないだけ良かったと考えることにした。

「なあ、みんな、なんか代わり映《ば》えしないよなぁ。十階層が続いている感じだな」

「まあ、気を抜かずにすすもう」

「気をぬくと痛い目に遭《あ》うのですよ」

「たぶん十階層のままってことはないと思うわ」

十階層未満の情報はネット等でもある程度検索《けんさく》できるが、十階層を超《こ》えた階層の情報は、ほとんど出てこない。

階層的にも危険度が増すので情報にもかなり制限がかかっている。

賛否両論はあるものの、能力の足りない探索者が情報を基にして、むやみに下層に挑《いど》み事故が起きない様にとの措置《そち》だ。逆に情報がないと事故が増えるんじゃないかとも思ったが、今までの探索者は実力でここまで降りてきているので特に問題はないようだ。

K—12のメンバーも油断は全くなさそうなので気を引き締《し》めなおして臨《のぞ》む。

しばらく進むとすぐにファーストモンスターと遭遇した。

「ご主人様、モンスターです。三体います。気をつけてください」

なんだあのモンスターは？

人面犬か？

正面から凄《すご》い勢いで向かってきたのは巨大《きょだい》な人面犬？

いや犬ではないかな。ライオンか？

人面ライオン？

「海斗、たぶんスフィンクスよ。注意して」

ああ、スフィンクスか。これが、かの有名なスフィンクスか。たしかにTVとかで見た石像のスフィンクスの特徴《とくちょう》を備えている気がするが、リアルスフィンクスはちょっと気持ち悪い。

言葉にするなら人面ライオン……

ちょっと気持ち悪いけど人面ライオンって普通《ふつう》のライオンより強いのか？

世界的な有名モンスターの出現に頭の中の動きが変な方に動いたのか戦闘に出遅《でおく》れてしまったが、ベルリア、あいりさん、シルがしっかりと迎《むか》え撃《う》ってくれた。

「人間だけではないな。悪魔《あくま》が交じっているではないか」

おおっ。喋《しゃべ》った。三体のうちベルリアが相手にしているスフィンクスが喋った。普通の人間よりもかなり野太い声だが確かに喋っている。人面ということは頭の中は人間と同じものなのかもしれない。

「あのぅ。ちょっといいですか？」

「なんだ。殺すぞ！」

「いや、普通に喋れるんですね。喋れるんなら、仲良くなれたりしないですかね。なんか好物とかあったら持ってきてもいいですよ。ダンジョンにずっといるんですよね」

「仲良くだ？　ふざけてるのか。好物は人間に決まってるだろ。お前を喰《く》わせろ」

「あ～それはちょっと難しいですね。本当はもっと貴方《あなた》たちの事も知りたかったんだけど、しょうがないですね」

やはり喋ることができたとしても所詮《しょせん》モンスター。話し合いで穏便《おんびん》に解決することはできないようだ。

「みんな殲滅《せんめつ》するよ。ミク、『幻視の舞』を頼む。ヒカリンはあいりさんが相手にしているやつに向かって『ファイアボルト』を頼む。俺はシルのフォローに入る。ベルリアは一人で頑張れ」

俺はそのまま、気配を薄《うす》めてから、シルと対峙《たいじ》しているスフィンクスに対して大回りに迂回《うかい》して後方へと回っていく。

その間にベルリアが相手にしているスフィンクスが口から火の玉を吐《は》いたが、ベルリアは向かってくる火の玉を避けずに斬《き》った。

おおっ。火の玉って斬れるのか？　と感動してしまったが、次の瞬間《しゅんかん》斬った火の玉は真ん中から左右に少しわかれたものの、そのままベルリアの肩口《かたぐち》に命中してしまった。火の玉は斬っても漫画《まんが》のように左右に流れていってくれるわけではないようだ。それはそうとベルリア大丈夫《だいじょうぶ》か？

「くっ、やりますね。私にダメージを与えるとは、侮《あなど》れません。もう容赦《ようしゃ》はなしです」

なんか、漫画の主人公みたいな事を言っているが、格好つけずに避ければ良かっただけじゃないのか？

まあ大丈夫そうなので、自分の相手に意識を戻して集中する。

前までは、後方から飛び込《こ》んで一刺《ひとさ》ししていたが、理力の手袋《てぶくろ》のおかげで斬撃を飛ばせるようになったので、無理して最後の一歩を踏み入れる必要がなくなった。至近距離《しきんきょり》まで近づいてしまえば余程《よほど》の事がない限りしとめる事ができるようになってきた。

ゆっくり近づいてからライオンの尻尾《しっぽ》の根元を目掛《めが》けて斬撃を飛ばして爆散させる。

人面ライオンの尻尾は揺《ゆ》れていたので、ネコ科の特性を持っているとすれば猫《ねこ》じゃらしとかも効果があるかもしれない。

「きゃぁぁぁ！」

背後から大きな悲鳴がしたので咄嗟《とっさ》に振り向いた。

視線の先ではヒカリンがスフィンクスの火の玉をくらってしまっていた。

なんでだ？

どうして後方のヒカリンにダメージが入ってしまったんだ？　ベルリアがミスった？

そう思いベルリアを見たが、対峙していたモンスターは既《すで》に片づけられていた。

どうやら、あいりさんが対峙しているスフィンクスがやったようだが、『幻視の舞』も発動しているはずなのになんでだ？

「ベルリア、急いでヒカリンに『ダークキュア』を頼む」

「かしこまりました」

ベルリアに指示する間にも、スフィンクスが四方に向けて火の玉を連発している。だが俺たちを狙《ねら》っているわけではなさそうだ。よく見ると『幻視の舞』で幻影《げんえい》を見ているようで、幻影に向かってやたらめったら、撃ちまくっているせいで運悪く、その中の一発がヒカリンに命中してしまったようだ。

危なくて近寄れないのでルシェに頼む。

「ルシェ、『破滅の獄炎』であれを止めてくれ」

ルシェの一撃《いちげき》であっさりとスフィンクスを葬《ほうむ》ることができたが、慌《あわ》ててヒカリンの下に駆け寄ると既に他のメンバーも駆けつけていた。

「ヒカリン、大丈夫か？」

確認すると服に燃えた跡《あと》があるが、それ以外は問題ないように見える。

「大丈夫なのです。かなり痛くて死ぬかと思いましたが、今はまったく痛みもないのです」

「マイロード、私の『ダークキュア』で完璧《かんぺき》に治療《ちりょう》できましたのでご安心ください」

「ベルリアよくやった。助かった」

「ベルリアくん、ありがとうなのです」

「いえ、当然の責務を果たしただけです」

『ダークキュア』はヒカリンにも問題なく効果を発揮したようで本当に助かった。

「ヒカリン、ごめん。俺の判断ミスだったかもしれない。後衛のヒカリンを危険な目に遭わせてごめん」

「いえ、海斗さんのせいではないです。私が鈍《にぶ》かっただけです。気にしないでください」

「とりあえずその服だとあれだから、このマントを羽織ってよ」

「ありがとうございます」

ヒカリンは大丈夫だと言ってくれるが、俺の判断ミスがあったのも確かだ。スフィンクスの吐く火の玉が、『幻視の舞』によって被害《ひがい》を拡散するとは思いもしなかった。

『幻視の舞』は強力なスキルだが、使いどころを間違《まち》えると大事になりかねないようだ。

どうせなら最後のスフィンクスを先にしとめた方が良かったのかもしれない。

正直その選択《せんたく》をする時間の余裕はあった気がするが、リアルタイムでは判断できなかった。

それにしても頭とかに当たらなくて良かった。いくら『ダークキュア』があるとはいえ、頭に火の玉が直撃《ちょくげき》するのは想像したくない。

ダンジョンに潜《もぐ》る以上、怪我《けが》を負うリスクはあって当然だが、K―12のメンバー構成であれば、それを最小限にする事は可能だと思う。

正直ヒカリンがダメージを負ったのはかなりショックだった。自分がダメージを負うのとは全く違い、精神的にショックだった。

今後、効率だけではなく、メンバーが極力安全を担保できるような形での探索を重視していこうと思う。

少し焦《あせ》りすぎたのかもしれない。

「みんな、これからはもう少し周りの事も判断できるように努めるから、ごめん」

「『幻視の舞』は私のスキルだから、コントロールできなかった私の責任。ごめんね」

「あのスフィンクスと相対していたのは私だ。私がもっと早く片をつけていればこんな事にはならなかったんだ。ごめんなさい」

「みなさん。私が避けられなかっただけなんです。みなさんの責任ではないのです」

みんなそれぞれに思うことはあるようだが、メンバーがこの経験を生かせば、次のスフィンクス戦で同じ轍《てつ》は踏まなくて済むだろう。

いずれにしても、俺がパーティリーダーなのだから一番しっかりしないといけないのは間違いない。

反省を胸に探索を再開することにしたが、マントが無くなり暑くて仕方がないので申し訳ないと思いながらもヒカリンにお願いして『アイスサークル』を発動してもらった。

氷の恩恵は受けたがやはり暑い……

ヒカリンを気遣《きづか》ってマントを渡してしまったせいで滅茶苦茶《めちゃくちゃ》暑い。

今更《いまさら》返してくれとも言えないので我慢するしかないが、汗《あせ》とともに体力がガリガリと削《けず》られていく。

できれば早く、切り上げて帰りたいところだが、まだ十一階層の探索を始めてどれだけも時間が経過していないので言い出せない。

「ご主人様。モンスターです。注意してください」

その場で待っていると現れたのは、ミイラ化した、ファラオのようなモンスターと同じくミイラ化した犬のようなモンスターが二体だった。

「シル、『鉄壁の乙女』を頼む。みんな、敵の出方をみながら遠距離攻撃で倒せるなら倒してしまおう」

先程《さきほど》と同じ轍は踏まないように、まずは防御《ぼうぎょ》を固めて相手の能力を見極《みきわ》めることにする。

光のサークルの中から全員で魔核銃による一斉射撃を敢行《かんこう》する。バルザードの進化もあって、魔核銃での一斉射撃も久しぶりな気がするが、発射された銃弾《じゅうだん》は確実に三体のモンスターを捉えている。

『プシュ』『プシュ』『プシュ』

　バレットを連射するが、モンスターは攻撃を無視するようにどんどん近づいてくる。

「海斗、なんか効いてない気がするんだけど」

「海斗さん、もしかしてミイラだから、もう死んでるんじゃ……聖水かなにかじゃないとダメなのではないのでしょうか」

「どうする、打って出て斬り伏《ふ》せようか？」

「いえ、万が一があってはいけないので、このままサークル内から攻撃を続けましょう。ヒカリン、『ファイアボルト』を頼む。ルシェ、『破滅の獄炎』を犬に頼む。俺は真ん中の人型を狙う」

　俺は真ん中のファラオっぽいモンスターに向けてバルザードの斬撃を飛ばすが、何も起こらない。

　なんだ？　外れたのか？

　今度は外さないように十字斬りに斬撃を飛ばすが、やはり何も起こらない。

「マイロード、おそらくあの人型、魔法障壁《まほうしょうへき》のようなものを纏《まと》っていると思われます。物理攻撃である魔核銃は届いていたので、魔法系の効果が無効になっているのかもしれません。私が相手をします」

そう言ってベルリアが飛び出していってしまった。

とにかく一体ずつ、倒さなければならないので、俺は残った犬型に向かって斬撃を飛ばす。

今度はダメージを与えることができたが、まだ普通に動いている。

「こいつら、やっぱり死んでるのかもしれない。ルシェ、もう一発頼む」

ルシェに犬型を頼んでから俺は人型の方に加勢に出る。

ベルリアはミイラの攻撃をかわしながら剣戟《けんげき》を加えているが、やはり斬っても普通に動いている。

再生能力はなさそうだが、他にも能力を秘《ひ》めているかもしれないので警戒しながら近づいていくと、ベルリアに向けてモンスターが毒液と思《おぼ》しきものを吐き出した。周りの砂から煙《けむり》が出ているのでやばいのは間違いないが、耐性《たいせい》のあるベルリアには効果がなかったようだ。

いきなりあんなものを吐かれたら俺では躱《かわ》せなかったかもしれない。

そのまま後ろに回り込んでから素早く飛び込み、バルザードで一刺しして、刃《やいば》に破裂のイメージをのせるが全く効果がない。

このままではまずい。

今度は咄嗟に切断のイメージを繰《く》り出し、バルザードを横薙《よこな》ぎに振りきる。

次の瞬間、人型のミイラは胴体から真っ二つに切断されて、消滅した。

どうやら、破裂の効果は生物限定なのかもしれない。今まで死体に向けて使用したことがなかったので良い経験になった。

「マイロード、ご助力ありがとうございます。なかなかの強敵でしたね。死なない上に特《とく》殊効果《しゅこうか》持ちでした」

「それよりベルリア、なんか毒液みたいなのくらってたけど大丈夫か？」

「特にダメージはないのですが、少し臭《にお》うのでどこかで洗いたいです」

「じゃあ戻ったら十階層でシャワー浴びさせてやるよ」

「ありがとうございます。じゃあ今日は更に頑張ります」

すべてのモンスターを倒し終わったので、みんなの所に戻ると神妙《しんみょう》な顔のミクに声をかけられた。

「海斗。ちょっといい？」

「なに？」

「さっきの戦闘なんだけど、海斗とベルリア以外は光のサークル内でしか戦わなかったよね」

「うん。まあそうだね」

「今までもあったことだから、最初は特に気にならなかったんだけど、さっきの私たちを気遣ったんでしょ」

「まあ、それもあるけど」

「でも自分は飛び出したよね」

「まあ遠距離《えんきょり》攻撃《こうげき》だけだと難しそうだったからね」

「ヒカリンの件があったから慎重《しんちょう》になるのはわかるけど、私たちのことを気遣いすぎるのは良くないと思う」

「私もそう思う。私は基本近接で戦うタイプだから、前に出ないと上手《うま》く戦えない。気遣ってくれるのは嬉《うれ》しいが、それによってパーティの戦い方に影響《えいきょう》が出るのは良くない。しかも海斗一人だけ負担するのは良くないな」

「まあ確かに慎重になっていた部分は否定できないですね」

「海斗さん。普段《ふだん》からわたしたちのことを気遣ってくれているのはわかっています。本当にありがとうございます。でもパーティですから、海斗さんだけではなくみんなで進んでいきたいのです」

「みんな海斗には感謝してるのよ」

「ああ、海斗のおかげで本当にいつも助かっている」

やばい、俺泣きそう。

みんなのことは、俺なりに気遣っているつもりだったが、みんながこんな風に思ってくれているとは思わなかった。たしかに先程の戦いは少し過敏《かびん》になっていた部分があったのは間違いない。俺だけが考え過ぎていたのかもしれない。今後はみんなで協力しあって進んでいきたい。

みんなの言葉に感動して、これからだとテンションがぐっと上がったが、残念ながら十階層から撤退《てったい》することにした。

先に進もうとしたが、マントをヒカリンに貸してしまったせいで、熱中症《ねっちゅうしょう》になりかけてふらついたところを周りに止められてしまった。

汗が止まらないのと、ちょっとフラフラして眩暈《めまい》がする。

ヒカリンが心配して『アイスサークル』を発動してくれたのでクールダウンできた。とりあえずは問題なさそうだが、念のために戻ることにした。

戻る道中もやっぱり暑さで体力を削られたが、なんとかゲートの位置まで戻ってくることができた。

「ふ〜っ、ようやくついたな。それじゃあみんなでシャワーを浴びようか」

そう言って各自シャワーブースに向かおうとするがベルリアがぴったりとついてくる。

「ベルリアどうした？　なにか用があるのか？」

「マイロード、約束したではありませんか」

「ごめん。なんの約束だっけ」

「ミイラの毒液が臭うのでシャワーをさせて頂ける約束でした」

あっ。完全に忘れていた。その後のやりとりと熱中症で完全に忘れていた。

「ああ、もちろん覚えているよ。別々に入ると思ってたからな」

「いえ、私はお金も識別票も持っていませんのでご一緒《いっしょ》させてください」

確かにサーバントが一人では、シャワーブースに入れないな。

「わかった。じゃあ一緒に入るか」

そのままベルリアと一緒にシャワーブースに向かおうとすると今度はシルとルシェもぴったりとついてきた。

「シル、ルシェ。なにか用か？」

「私もご一緒させてください」

「ベルリアだけずるいぞ。わたしも一緒に入る」

「いや、ちょっと待ってくれ。無理。俺は男だぞ！」

「それがどうかされましたか？」

「そんなの関係ないだろ。ベルリアだけずるい」

「いやいや、大いに関係あるだろ。いくら小さいからって、女の子と一緒は無理！」

「ベルリアが良くて私たちがダメというのは男女差別ではないですか？」

「そうだそうだ。ずるいぞ」

「違《ちが》います。俺が変態に見られない為《ため》に必要な措置です。却下《きゃっか》します」

「納得《なっとく》いきません」

「一緒に入る」

「無理なものは無理だ。俺は幼女趣味《しゅみ》にみられたくない。申し訳ないけど、あいりさんとヒカリン、二人と一緒に入ってもらっていいかな」

「えっ。もちろんだ。大歓迎《だいかんげい》です」

「ルシェ様、一緒に入りましょう」

「お前達《たち》は、あっちな。俺はベルリアと一緒に入るから終わったら外で待ち合わせだ」

「納得しかねますが、今回は仕方がありません」

「えこひいきだ。今度一緒に入るぞ」

「いや、今度も絶対無理だけどな」

そう言ってそれぞれシャワーブースに入った。

「ベルリア、お前小さいけど筋肉すごいな」

「日々精進《しょうじん》していますからね。いざという時のために鍛錬《たんれん》あるのみです。そういうマイロードもかなり鍛えられた肉体をされていますよ」

「そうかな、前よりは筋肉とかついてきた感じはあるんだけどな。それにしても、やっぱりシャワー、最高だな」

「はい、これは素晴《すば》らしいです。臭いも取れますし、快適ですね」

「また今度も一緒に入るか？」

「はい。頑張《がんば》りますので是非《ぜひ》お願いします」

すっきりして外に出てからしばらくすると、他のメンバーも戻ってきた。

「シル、ルシェ。どうだった？」

「素晴らしく気持ちが良かったです」

「最高だな。次から必ず入るからお金出してくれよな」

「わかったよ。あいりさんとヒカリン、また一緒に入ってもらっても大丈夫かな」

「もちろんだ。こちらがお願いしたいぐらいだよ」

「是非是非《ぜひぜひ》お願いします。至福のときなのです」

まあ全員が満足そうなのでいいかな。とりあえず三人とも気に入ったようなので良かった。

それから地上に戻《もど》って各自解散することになったが、ミクから申し出があった。

「もうすぐテストがあるから勉強しないといけないのよ。だから来週からしばらくこれないわ」

「あ、わたしもなのです」

「テストはしかたがないな。それじゃあ来週は休みにしましょうか」

「海斗、実は冬休みも無理なのよ。家族で毎年ハワイに行ってるから」

「ああ、冬休みは私も家の手伝いがあるんだ。探索《たんさく》に参加できないな」

「それじゃあ、今年は今日で終わりにしましょうか。また来年集まりましょう」

「勝手なことばっかり言って悪いわね」

「いや、みんな忙《いそが》しい時期だから大丈夫だよ。来年は、サクッと十一階層突破《とっぱ》といこう」

「そうですね。今から来年が楽しみなのです」

「ああ、少し早いがよいお年を」

俺個人としては、まだ潜るつもりだが今日でK―12としての今年の活動が終了した。

本当にこのメンバーと出会えてよかった。

危ないことも結構あったけど、みんなのおかげで、今年一年本当に楽しく探索することができた。この出会いのおかげで探索者としても少しは成長できたと思う。みんなには感謝しかないので、また来年会えるのが今から楽しみだ。

第七章 イベントの季節

俺は今人生最大とも言えるイベントに臨もうとしている。

ダンジョンでは夏を超えた灼熱《しゃくねつ》とも言える環境《かんきょう》で戦っていたが、外の季節は時間の経過と共に移り変わっており、もう冬を迎えていた。

冬といえば、あれしかない。今までの人生で全くの無関係だったイベント。クリスマス。

今までは誘《さそ》うことすら思いつかなかったが、今年は違う。春香《はるか》を誘ってみるつもりだ。

正直二年生になってから春香との距離《きょり》は確実に縮まっていると思う。

今でこそ春香と呼んでいるが、春先には葛城《かつらぎ》さんだった。

告白こそ俺が痛恨《つうこん》の失敗をしてしまったが、何度か映画にも一緒にいっている。

告白に匹敵《ひってき》する大仕事ではあるが、最近失敗から立ち直りメンタルゲージが完全復活したので、今ならいける。

春香をクリスマスに誘ってみようと思う。

しかし、クリスマスに誘うのは決まっているが、付き合ってない男女はクリスマスになにをして過ごせばいいのだろうか。

よく、付き合っている男女のクリスマスデートスポットを紹介《しょうかい》するような雑誌は見かける。

しかし、付き合っていない男女のクリスマスデートの本は見かけたことがない。

どうしたものだろうか。思い切って告白して付き合えれば何の問題もないのかもしれないが、クリスマスに振られる自分と、その場の気まずい空気を想像すると、クリスマスに誘うのが精一杯《せいいっぱい》で、その先の事は難しい。

とにかく誘ってみようと思う。

どうやって誘えばいいだろう。前のように屋上に呼び出すか？　しかしあれは失敗してしまった。やっぱり軽いノリで買い物に誘った時のようにいってみようか。

放課後になるのを見計らって、春香を追いかける。

「春香、ちょっといいかな」

「うん。どうしたの？　何かあった？」

軽いノリで臨むつもりだったが、面と向かうと瞬間的《しゅんかんてき》に緊張《きんちょう》感がＭＡＸとなり振り切れてしまった。

「あ、ああ、あの。あれ、あれだよ。今日は寒いよね」

「うん。ずいぶん寒くなってきちゃったね。お互《たが》いに風邪《かぜ》引かないようにしないといけないね」

「ああ、ほんと、そうだね。風邪引いたら大変だからね。気をつけよう」

「うん。そうだね」

「あの、冬って忙しかったりするかな」

「毎年年末とかちょっとバタバタしちゃうよね」

「ああ、年末は忙しいよね。あの、そのちょっと前はどうしてるかな」

「ちょっと前って？」

「あ、あのですね。ク、クリスマスはどうしてるのかなと思って」

言った、言ってやった。

「クリスマスは、毎年友達とホームパーティやることが多いけど」

「ああ、そうなんだ……」

友達とホームパーティ。女の子らしいけど、撃沈《げきちん》してしまった。

終わった……

「もし良かったら、海斗《かいと》も来る？」

「い、いや、友達の中に俺が入ると変な感じになりそうだから遠慮《えんりょ》しときます」

誘ってもらったのは嬉しいが、女友だちのパーティに俺が上がり込むわけにもいかない。たとえ無理して参加しても撃沈するイメージしか湧《わ》かない。

「じゃあ。またね」

俺は気取られないように平静を装《よそお》ってその場を立ち去ろうとするが、春香が思いもよらないことを言ってきた。

「海斗、夕方からなら空いてるんだけど」

え？　なんだって。夕方からなら空いてる!?

「ホームパーティは大丈夫？」

「大体お昼から始まって夕方には終わるから」

「そうか。そうなんだ。そうか。そ、それじゃあ夕方から、い、一緒に、どこかいきませんか？」

「うん。いいよ」

春香が寒さを吹《ふ》き飛ばす笑《え》みで答えてくれた。

俺は、今この時を以《もっ》て死んでしまっても悔《く》いはない。むしろこのタイミングで死んでしまったら、俺の人生は最高だったと断言できる。

「それじゃあ、いく場所考えておくから、予定空けといてよ。晩御飯《ばんごはん》も一緒に食べてもいいですか？」

「もちろんいいよ。でもクリスマスは一杯《いっぱい》になるお店が多いから予約しておいたほうがいいかもね」

「ああ、もちろんだよ」

考えてもみなかった。クリスマスは予約しないといっぱいなのか。言われないと当日飛《と》び込みでいく気満々だった。世の中、そんなにクリスマスに外食する人が多いのか。今まで別世界の出来事だったので、要領を得ないが、春香に助言してもらって助かった。

とにかくどこにいくか雑誌を買って研究するしかない。

その前に今年最後のテストを頑張る必要があるが、今回はやる気がとてつもなくアップしたのでいけそうだ。

今日は先に控《ひか》える春香とのクリスマスを気持ちよく迎えたいので、テスト勉強のために、ダンジョンに潜らずに家に帰る事にした。

最近は、毎日ダンジョンに潜っていたので、こうして家に直接帰るのは久しぶりな気がする。

珍《めずら》しく雪がちらほら降っており、すごく寒いが春香とのクリスマスを想像して、今からちょっとテンションが上がりながら帰り道を急いでいる。

「か～のじょ、かわいいね～」

前方から軽い口調の誘い文句が聞こえてきた。

「学校の帰りだよね～。よかったら俺《おれ》らと一緒に遊びに行かない？　寒いし、どっかあったかい所行こうよ」

前方を見ると、同じ学校の制服を着た二人の女子の背中が見える。

明らかにやばそうな金髪《きんぱつ》と茶髪《ちゃぱつ》の男が三人で女の子を囲んでいる。

絶対に関わりを持ってはいけない連中だ。

「ねえ、ねえ、無視しないでくれる～。俺達《おれたち》傷ついちゃうんだけど～。お詫《わ》びに付き合ってよ。明日の朝まででいいからさ～。ギャハハハ」

酷《ひど》いな。聞いてるだけでムカムカするが、俺にはどうすることもできない。同じ学校のよしみで助けてあげたいが、俺には無理だ。

目を合わせない様に目線を下げて足早に去ろうとするが、

「ごめんなさい。二人で約束があるので失礼します」

「約束～？　それなら俺達と約束してくれよ～。朝まで一緒にいてくれるってよ～。ヒャハッハッ」

聴《き》き慣《な》れた女の子の声を聞いて、ハッとなりすぐに目線を上げたが、そこに居たのは、春香とクラスメイトの前澤《まえざわ》さんだった。

瞬間的に俺の身体《からだ》と口が動いていた。

「すいませ～ん。お兄さんたちごめんなさい。その子たち俺の友達なんですよ。約束してるの俺なんでごめんなさい」

「海斗……」

一瞬《いっしゅん》、春香の顔が安心した様な表情を浮《う》かべたが、またすぐに緊張した表情に戻った。

「ああっ？　誰《だれ》だよお前。お前なんか呼んでね～んだよ！　さっさとどっか行けよこのバカ！」

「いや～。でも俺その子たちと約束あるんで、そうもいかないんですよね。申し訳ないんですけど、春香、前澤さん、いこうか」

「おいおい、兄ちゃん舐《な》めてるの？　俺ら三人無視かよ！」

「いやいや、無視なんかしてないですよ。本当に用があるんです。ごめんなさい」

「ふざけたやつだな。この子達は俺らと遊びに行くんだよ。わかんね～奴《やつ》だな」

「いや～二人とも嫌《いや》がってるじゃないですか。やめましょうよ」

普段の俺なら絶対にこの手の人たちとはお近づきにもならないし、お話も一切《いっさい》したくない。

だけど今の俺は冷静だ。怖《こわ》いのは怖いが、ダンジョンのモンスターに追い詰《つ》められたことを考えると、これくらいなんでもないように感じる。

もちろんここにはシルやルシェはいないし、レベルアップしたステータスも存在しないので深追いは禁物だ。

「お前さ〜、なにカッコいい事してんだよ。TVかなんかの見すぎじゃね〜のか。世の中そんな甘《あま》くね〜んだよ。俺らが身を以て世間の厳しさ教えてやるよ」

そう言うと、突然金髪《とつぜんきんぱつ》の男が俺に向かって殴《なぐ》りかかってきた。

迫力《はくりょく》と顔は凄《すご》いが遅《おそ》い。

俺はステップバックして、男の攻撃《こうげき》を避《よ》けた。

「てめ〜！　ふざけんじゃねえ」

「いやいや、俺は全然ふざけてないですよ。他にも人が通ってますし、これで終わりにしませんか」

「海斗！」

「高木《たかぎ》くん」

「それじゃあこれで失礼します。二人ともいこうか」

「舐めやがって、もう許さねえ。お前ら一緒に袋叩《ふくろだた》きにするぞ！」

そう言うと、三人が一斉《いっせい》に殴りかかってきた。

ダンジョンでも三体が一斉に襲《おそ》いかかってくることは、ほとんど無いので神経を集中して回避《かいひ》に努める。

一人一人のスピードはそこまで速くないが、基本ができていないのでバラバラな動きで殴りかかってくるために、不規則なリズムでちょっとタイミングが取りづらい。

当たったら痛いだろうな～と考えながら、ステップと上体の動きで三人の攻撃を回避していく。

「モブキャラがヒーロー気取ってんじゃね～！　オラ～！」

今度は蹴《け》りを放ってくるが、すこぶる遅い。

ダンジョンでのステータスは勿論引《もちろんひ》き継《つ》げていないが、身に付けた体捌《たいさば》き、ダンジョンで鍛《きた》えられた動体視力、そして視野の広さは健在だ。

恐《おそ》らく毎日、モンスターと戦闘《せんとう》を繰り返したおかげで基礎的《きそてき》な能力も上がっているのだろう。

それに確実にベルリアとの訓練の成果も出ている。

そのおかげで、この不良たちの動きが非常に緩慢《かんまん》に感じる。

当然当たれば痛いだろうからしっかりと避けるが、普段命のやり取りをしているせいか、思ったほど相手の威圧《いあつ》と攻撃が怖くない。

「別にヒーロー気取ってるわけじゃないですよ。友達と約束があるだけですよ」

「うるさいんだよ！　もう許さねえ、オラァ！」

さすがに手を出すとまずいよな～と考えながらピアス男のパンチを避ける。

「そろそろやめませんか。もういいでしょう。これ以上やっても意味ないですよ」

「意味なんか必要ね～よ。お前が死ね！」

再び三人が一斉に殴りかかってきたので、触《ふ》れられない位置まで素早《すばや》くステップバックする。

この三人はどうしたら諦《あきら》めてくれるだろうか？

「春香、前澤さん、先にいっといてよ」

「う、うん」

「オラァ～！　誰に断って帰そうとしてるんだよ、お前ら勝手なことをしてるんじゃね～」

キレた金髪男が春香の腕《うで》を取って強引《ごういん》に引き寄せた。

「い、いやっ」

その瞬間《しゅんかん》、俺の中でなにかが切れてしまった。いやブチ切れてしまった。

春香の腕を掴《つか》んだ不良の腕をとって捻《ひね》り上げた。

「ううっ、いて～！」

いて～？　痛いに決まってるだろ。捻ってるんだから。お前の腕に掴まれた春香は百倍痛いんだよ。ふざけるな！　お前が春香に触れていいわけないだろ。

手を出すつもりはなかったが、春香に手を出すなら許すわけにはいかない。

「俺、やめてくれる様に頼《たの》みましたよね。どうしますか？　まだやりますか？」

怒《いか》りを抑《おさ》えることができないが、一応不良たちに最終確認《かくにん》をする。

「いて～って言ってるだろ。お前ら見てないでこいつをぶっ殺せ！」

やっぱりこうなるか。まあ大体予想はついてたけど。

俺は、捻ったままの相手の腕を引いて、盾《たて》に使う。

俺の瞬間的な動きに対応できなかった不良の一撃は、見事に金髪男の顔面を捉《とら》え金髪男はその場へと崩《くず》れた。

「まだやりますか？」

俺は、宿敵ゴブリンに向けて発する以上の殺気を放って不良たちに向ける。

「お、お前なんなんだよ。モブみたいな顔して！　俺らをなめるなよ！」

ピアスの男がポケットからバタフライナイフを取り出してこちらに向けてきた。

なんでポケットにナイフが入ってるんだ。ここは日本だぞ。

「へっ、もう泣き入れても許さねえぞ。えぐってやるよ」

さすがにナイフはまずい。刺《さ》さったら冗談抜《じょうだんぬ》きで死ぬ。

「もうやめませんか？　警察沙汰《ざた》になりますよ」

「警察がなんだってんだよ。もう遅えんだ！　くそが！」

本当にナイフを振《ふ》りかざしてやってきた。

俺の中で集中力が一気にあがる。

バタフライナイフなのでそれ程刃《ほどは》は長くない。ピアスの男も扱《あつか》いに慣れていないのか適当に振り回しているだけだ。

ナイフに全神経を集中して動き出す。

手に持っている鞄《かばん》を相手の手とナイフに向けて振り回す。

俺の鞄は家で勉強するために教科書を詰めていたのでかなりの重量感がある。

「があっ！」

俺の振り回した鞄が、相手の手の甲《こう》をとらえて、バタフライナイフが飛んでいく。

怯《ひる》んだ相手に、すかさず肩口《かたぐち》からタックルする。

この前ベルリアには全く通用しなかったが、今度は効いた。

ピアスの男を後方へと突《つ》き飛ばすことに成功した。

「ひぃっ」

「まだやりますか？　これ以上やるなら警察を呼びますよ。丸腰《まるごし》の相手にナイフを使ったんですから当然ですよね」

「おお、ああっ、今日は冷えるからな、そろそろ行くか」

「そ、そうだな、まあ今日はこのぐらいで許してやるよ」

「くっ、今度会ったら気をつけるんだな！」

「すいません。俺はいいんですけど、今度この子たちにちょっかい出したら許さないですよ！」

不良たちのふざけた物言いに、エリアボス戦以上の殺気と闘気を向けて言葉を返す。

「ああ、わかったわかった、冗談だって、なあ」

「もう、この子たちには一切声かけないって」

「おおっ、それじゃあな、早くいくぞ！」

ようやくわかってくれたらしいので、三人が見えなくなるまで見届けた。

「春香、前澤さん。大丈夫《だいじょうぶ》？　災難だったね」

「う、うん。海斗こそ大丈夫？」

「ああ、大丈夫。特に殴られたりしてないから」

「ナイフ……大丈夫だったの？」

「ああ、大丈夫、大丈夫」

「あの～ちょっといいですか」

「なに？　前澤さん」

「あなた、高木くん？　だよね」

「えっ⁉　さすがにそれは傷つくんだけど。クラスメイトの高木です。話したことあったよね」

「い、いえ。それはわかってるんだけど」

「それじゃあ途中《とちゅう》まで送っていくよ。まあ大丈夫だと思うけどあいつらが仕返しにきたら大変だからね」

「う、うん。ありがとう」

「お願いします」

二人共余程怖《よほどこわ》かったのか、目が潤《うる》んで頬《ほお》が赤い気がする。

たまたま俺が通りかかってよかったけど、最近は学校の帰り道も物騒《ぶっそう》だな。

「それじゃあいこうか」

二人でいく場所があった様なので途中まで見送って別れることにした。

「それじゃあ、また明日」

「うん、今日は本当にありがとう」

「ありがとうございました」

二人からお礼を言われて別れたが、なぜ前澤さんは最後敬語だったのだろうか？　まあ何事もなく無事に終わってよかった。

怒りとアドレナリンであの時はなにも感じなかったが、地上で不良に囲まれてナイフを向けられるなんてとんでもないな。

だけど、ダンジョンでの探索に比べると、冷静になった今でもそこまでの恐怖《きょうふ》は感じない。

やはりダンジョンに通いすぎて感覚が麻痺《まひ》してしまったのかもしれないので、今後もめごとに首を突っ込《こ》むような真似《まね》は控えたい。

ただ、春香が襲われるようなことがあれば何度でも同じことを繰り返す自信はある。

家に帰った俺は、さっそくテスト勉強にとりかかる。

春香とのクリスマスを夢見て取り組んだので、今までになく集中することができた。

これならテストもいけるはずだ。

ついにテスト期間がはじまったので、この一週間ダンジョンにも潜《もぐ》らずテストだけに集中している。

もちろん全問できたわけではないが、今までで一番のできかもしれない。これさえ乗り切れば、待望のクリスマスが待っていると思えばテストなど何の障壁《しょうへき》にもなり得ない。

テスト期間が終わり無事に全教科のテストを解き終えた。

「海斗、テストどうだった？　今回の結構難しくなかったか？」

「いや、俺は今までで一番できたかもしれない」

「山でも当たったか？　テストでそんな自信のある海斗を見た事ないぞ」

「今回は、やる気と集中力が違ったんだ」

「そんなもんか。そういえば冬休みどうするんだよ。どっか行くのか？」

「今のところ特に予定はないな」

「クリスマスどうするんだよ。寂《さび》しく三人で遊びに行くか」

「悪い。俺はちょっと予定があるんだ」

「もしかして葛城さんか。ついに誘ったのか」

「ああ、まあそうだけど」

「そうか、冬だけどついに海斗にも春がきたのか。告白してＯＫもらったんだな」

「いや違うって。クリスマスに一緒に遊ぶ約束しただけだ」

「おいおい、そんな事あるのか？　普通《ふつう》クリスマスに一緒に過ごすイコール付き合ってるだろ」

「世の中そんな甘いもんじゃないよ。俺はとりあえずクリスマス一緒に遊べるだけで十分だよ」

「あのな、一つアドバイスするとな、もう告白してもいいと思うぞ」

「いや、彼女《かのじょ》が十七年いないお前らにアドバイスもらってもな。俺とほとんど変わらないだろ」

「うっ。痛いところついてくるな。それはそうだけどな、まあ楽しんでくれよ。俺らは二人で寂しくカラオケでもいってくる。クリスマスソングメドレーを二人で熱唱予定だ」

第三者は好きなこと言えるもんだ。そんな簡単にことが運ぶなら苦労しない。

それからは、指折り数えてクリスマスまでの日を心待ちにしていた。先にテストが全部返ってきたが、やはりいつもより点数が高い。いつもは平均ぐらいにいたが、今回は上位グループの下の方ぐらいには食《く》い込んだ気がする。春香はもうちょっと上にいる。さすがは春香だ。才色兼備《さいしょくけんび》。性格もいいので言うことないな。

学校が修了式《しゅうりょうしき》を迎《むか》えたので遂《つい》に明日はクリスマスイブだ。そういえばクリスマスイブはよくデートをするのを聞くがクリスマス当日ってなにかするのか？　二日連続でデートするものなのか？　世の中の人たちはどうしているのだろう。春香もクリスマスイブには誘ったけど、再度クリスマスも誘った方がいいのだろうか。

「春香、じゃあ明日ね」

「うん。駅前に十六時三十分に集合ね」

クリスマスイブ当日になり朝から落ち着かない。冬用のおしゃれ着など持ち合わせていないのだが、持ってる中では一番小綺麗《こぎれい》に見える服を着込《きこ》んでそわそわしている。朝の十時ごろから時計とにらめっこしているが、一向に時間が過ぎない。時計が壊《こわ》れているのか、電池が弱っていて時間の経過が遅いのか？　不安になってスマホの時間も確認してみるが、特に問題はないようだ。俺の体内時計がおかしくなっているらしく、なかなか時間の針がすすんでくれない。

本当に本当に長い五時間をなんとかやり過ごし、ようやく十五時になったのでかなり早いが我慢《がまん》できずに駅に向かうことにした。

十五時二十分に到着《とうちゃく》したのであと一時間以上ある。かなり寒いが気にならない。周りでは恋人《こいびと》らしい人達がちらほら手繋《つな》ぎデートをしている。クリスマスイブというだけあっていつもより数が多いような気がする。

去年までの俺なら、目にする光景に呪《のろ》いをかけようとしていただろうと思う。というよりも目に触れないようダンジョンに朝一から籠《こも》っていただろう。

しかし今年は違う。春香が来てくれる。

スマホで時間を見ると十六時二十分になったのでもうすこしだと思ったら、春香からメールが届いた。

遅《おく》れるのかな？　と思いメールを確認してみた。

「海斗ごめんなさい。今病院です。昨日から熱が出てしまって、何とか今日中に下がらないかと病院にきてみましたが、今、検査結果が出てインフルエンザでした。本当にごめんなさい。風邪なら無理してでもいけたけど、インフルエンザだとうつしてしまうのでいけません。せっかく誘ってくれたのに本当にごめんなさい。また連絡《れんらく》します」

おおっ。インフルエンザ……

春香は大丈夫かな。春香を心配する気持ちと、クリスマスイブの予定がキャンセルになったショックが混在してガクッと力が抜《ぬ》けてしまった。

経験した事のない脱力感《だつりょく》を覚えながら、どうしようもないので、ひとり家まで帰ることにした。

クリスマスイブの夜は本当にへこんだ。自分の間の悪さを嘆《なげ》き、もしかしたら春香がきたくなくて仮病《けびょう》なのかもしれないとさえ考えてしまった。それでもやっぱり春香のことが心配なので一日一回はメールで体調を聞いたりしていた。病人に何度もメールするのも悪いと思って、それ以上はぐっと我慢して過ごした。

春香がクリスマスイブにインフルエンザになったので、当然クリスマスもダメだった。このまま今年も終わりだなと漠然《ばくぜん》と考えていると、春香から連絡がはいった。

「心配かけてごめんね。ようやく熱も下がりました。よかったら初詣《はつもうで》に一緒に行きませんか？」

おおっ。春香からのメール、しかも初詣のお誘いだ。嫌《きら》われたわけじゃなかったらしい。本当によかった。

もちろん病気も治ってよかった。

「はい。大丈夫です。お願いします」

とすぐに返信しておいた。

一月一日になり、待ち合わせ場所に行くと既《すで》に春香が待ってくれていたが、なんと春香は着物姿だった。

春香の着物姿を見るのはたぶん初めてだと思うが衝撃的《しょうげきてき》だった。

夏の清楚《せいそ》なワンピースも素晴らしかったが、着物姿は非日常性が合わさって別格に素晴らしい。

「春香おはよう。あけましておめでとうございます。今年もよろしくお願いします」

「こちらこそよろしくお願いいたします。クリスマス本当にごめんね。直前まで何とかいけないかと思ってたら連絡が遅くなってしまって」

「ああ、大丈夫、大丈夫。全く問題ないよ。それよりインフルエンザって大変だったね」

「ここ何年もかかってなかったから、自分ではただの風邪だと思ってたんだけどね」

まあ、クリスマスは残念だったけど、こうして初詣に春香といけるなんて夢のようだ。

「それはそうと、着物姿初めてみた気がする」

「どうかな。この振袖《ふりそで》変じゃないかな」

「いやいや、すごくいいと思います。いいです。本当にいいです」

「ありがとう。よかった」

一緒《いっしょ》にいると、むしろ普通の格好で来てしまった俺が浮いてしまいそうだが、紋付袴《もんつきはかま》など持っているはずもないので、これぱっかりは仕方がない。

歩いていける範囲《はんい》では一番大きな神社に向かって歩き始めるが、ちらほら初詣に向かっていると思われる人たちも見かける。

家族連れや、恋人と思《おぼ》しき人たちも見かける。

俺も春香と歩いていると恋人に見えるだろうか？　それとも、他の人からもただの友達にしか見えないだろうか？

まあ恋人に見えたところで実際には違《ちが》うのでちょっと虚《むな》しい。

いつもと違う着物姿の春香と横に並んで歩いているだけでドキドキして意識してしまう。

近過ぎず、遠過ぎずの距離感を意識しながら歩いていく。

三十分ほど歩くと目的の神社に到着したが、境内《けいだい》まで人で溢《あふ》れている。

「春香、すごい人だな。俺いつもは混んでる時間を避けてたから、こんなに人がいるのは初めてだよ」

「でも、いっぱい人がいると、初詣に来たっていう感じがして、お正月だなっていう気になるよね」

「そうかもしれないな、今までずっと寝正月《ねしょうがつ》だったから朝から初詣っていうのが、なんか新鮮《しんせん》だな」

人混みの中を進んでいくと神社の境内についたので賽銭《さいせん》を投《な》げ込むことにした。普段《ふだん》は五円か十円なのだが春香が横にいるので見栄《みえ》を張って百円を投げ入れてしまった。

今年こそ春香と付き合えますようにとしっかりお願いしておいたが、横を見ると春香がまだお参り中だったので終わるのを待ってから、

「春香、結構長くお願いしてたみたいだけどなにをお願いしたのかな？」

「まだ一年あるけど海斗と王華《おうか》学院にいけますようにってお願いしたんだよ。推薦《すいせん》だと今年受験だしね」

「あっ。俺忘れてた。もう一度お願いしてこようかな」

推薦だと今年テストか。煩悩《ぼんのう》が勝ってすっかり忘れてしまっていた。

今年こそもう一度春香に告白をしたいが、よく考えるとダメだった場合、同じ大学にいけたとしても非常に気まずい。なかなか悩《なや》ましい選択《せんたく》だと思う。

まだ時間はあるのでしっかりと判断していきたい。

お詣《まい》りを済ませてお願いもしっかりしたので引き返そうとしていると、

「海斗、せっかくだからおみくじを一緒に引いてみようよ」

「うん、いいよ」

おみくじか、小学生の時以来かもしれない。昔は単純にくじとして楽しむために引いていた気がする。

自動販売機《はんばいき》っぽいおみくじの機械に百円を入れると、おみくじが出てきた。昔引いたの

は、棒みたいなのをガラガラした記憶《きおく》があるのでちょっと、微妙《びみょう》な気分になったが、縁起《えんぎ》物《もの》なのでよしとしよう。

春香もおみくじを引いたので同時に開封《かいふう》する。

俺は……『末吉《すえきち》』

末吉。正直微妙すぎる。凶《きょう》よりはいい気がするが、吉《きち》の中では一番下だ。

学業　……　結果に拘《こだわ》らず励《はげ》む事。

恋愛《れんあい》　……　困難多し。一途《いちず》に励む事。

なんだこれは。おみくじって良いことを書いてるんじゃなかったっけ。これを見るとどちらともダメっぽい。たかがおみくじされどおみくじだ。結構ショックがでかい。

「海斗どうだった？　私は大吉《だいきち》だったよ」

春香が満面の笑みで聞いてくる。

「さすが春香だね。俺は末吉だったよ。内容も微妙……」

「そっか、でも末吉も吉だからね。これからどんどん良くなっていくんだよ」

「ああ、そうだと良いんだけどね」

やっぱり春香は優《やさ》しいな。お互いのおみくじを見せ合うと春香のおみくじには、

学業　……　励めば必ず成就《じょうじゅ》する。

恋愛……意中の相手と結ばれる。

なんだこれは。大吉と末吉でこんなにも違うのか？　これが運と人間力の差というものなのだろうか？

軽くショックを受けながらも、必ず運命を乗り越《こ》えてやると心に誓《ちか》い、二人でおみくじを結ぶ紐《ひも》に結んでおいた。

気を取り直して帰る途中の出店で買い食いをすることにした。子供の頃《ころ》は三百円から五百円程度の食べ物が結構あったと記憶しているが全部五百円から千円になっている。しばらく利用しない間に値段が上昇《じょうしょう》していたようだが、今の俺ならこのぐらいは問題ない。

「春香、なにか食べたいものある？」

「それじゃあね、あれがいいかな」

春香が指差したのは、焼きそばを割《わ》り箸《ばし》に巻きつけて揚《あ》げた、今若者に大人気という触れ込みの食べ物だった。

「おじさん、二本ください」

「千六百円だよ」

おじさんにお金を払《はら》って春香に渡《わた》すと、お金を返そうとするので、奢《おご》りだよと言って受け取るのを拒否《きょひ》しておいた。

　二人で並んで食べてみたが、パリパリする食感と焼きそばの味がしてかなり美味《おい》しい。駄菓子《だがし》がパワーアップしたイメージだ。

　しかし春香が食べている横顔がなんとも言えずかわいい。もともとかわいいのに振袖で可愛《かわい》さが三割増しで、ただ食べているだけで無茶苦茶《むちゃくちゃ》かわいい。

「次は何を食べようか？」

「なんでもいいよ。海斗の食べたいので」

　もうお昼なので結構お腹《なか》が空いている。鏡餅《かがみもち》風のミニ団子に生クリームとチョコチップが振りかけた串《くし》があったのでそれを頼むことにしたが、お正月価格なのか千円と結構高額だ。

「はい。これ春香の分」

「ありがとう。お金払うね」

「いやいや、クリスマスの代わりだから俺に出させてよ」

「じゃあ、今日はご馳走《ちそう》になります。次は私が出すね」

　和風の団子と洋風の味付けスイーツで思ったよりもかなり美味しい。まあ、初詣の雰囲《ふんい》気込《きこ》みの味だと思うが、春香がいることで味も完全に三割増しになっている。

しばらく、人混みの中を歩いているとクラスメイトの女の子たちのグループに声をかけられた。

「春香、あけましておめでとう。ふ～ん。高木くんと二人で初詣か。仲睦《むつま》じい事で羨《うらや》ましい限りです。私達《たち》は元旦《がんたん》から女ばっかり三人だよ。高木くんも春香を大事にするんだよ」

「いや、普通に仲良くしてるだけだけど。変な言い方するなよ。他の二人に誤解を与《あた》えるだろ」

冬なので寒いのは当たり前だが、なぜか一段と寒さが増した気がする。

「誤解って。誰も誤解なんかしてないよ。春香も大変だね。まあ高木くんも頑張《がんば》ってね」

なにを頑張るのか良くわからないような別れ方をしたが、さすがに初詣には知り合いもきているらしい。もしかしたら他にも誰かきているかもしれない。

しばらくして人混みを抜けると、春香がバッグからなにかを取り出して、俺に渡してくれた。

「はい。これクリスマスに渡せなかったから」

おおっ。まさかクリスマスプレゼントか？

渡された袋《ふくろ》の中を見ると手編み？　のミトンが入っていた。

「春香、これって……」

「初めてだから上手《うま》く編めなかったところもあるんだけど、我慢してね」

やっぱり、手編みか。手編みのミトンなのか。テレビでしかみたことのない手編みのプレゼント。

末吉？　いやいや大吉だろ。どう考えても、これは吉を超《こ》えてるな。超吉《ちょうきち》か！。

「よかったらつけてみて」

「ああ、もちろん」

早速《さっそく》手にはめてみたが、理力の手袋《てぶくろ》とは全く違う感動が湧き上がってくる。

正直理力の手袋の百倍うれしい。

「どうかな。サイズ大丈夫？」

「ああ、もうぴったりだよ。測ったようにぴったり。もういうことないよ。ありがとう」

そういえば感動で失念していたが、春香がプレゼントをくれたのに俺はなにも用意してないことに今気付いてしまった。

クリスマスもどこにいこうかと予定ばかり考えていて、プレゼントを買うのを完全に忘れてしまっていた。

まずい……

「あの〜。プレゼントもらった後でちょっと言いにくいんだけど、俺春香のプレゼント買うのを忘れてました。ごめんなさい。クリスマスプレゼントを買ったことがなかったから、頭から完全に消えてました。よかったらこれからすぐ買ってきてもいいですか？」

「そんなのいらないよ。もう十分もらってるから」

出店の食べ物の事か？

「いやいや、それじゃあ、俺だけ得してる感じがして気が済まないよ」

「だって、これもらったでしょ」

そう言って春香は左手首につけているブレスレットを見せてきた。

振袖姿に気をとられて全く気がついていなかったが、春香はこの前プレゼントしたサファイアのついたブレスレットをしてくれていた。

気がついてしまうと振袖と合わさって本当によく似合っている。しかも、しっかり身につけてくれているので気に入ってくれたのかもしれない。

ただ、手編みのミトンは、ブレスレットのお返しだったようなので少しだけ残念な気がした。

「ああ、でもそれは、この前のお礼だから。クリスマスは別のプレゼントを用意しないと」

「もう十分だよ」

「やっぱり、なにか用意するよ。なにがいいかな」

「う〜ん。それじゃあ、クリスマスの代わりに一緒に映画にいこうよ」

「わかった。じゃあこれから映画に行こうか。予定は大丈夫？」

「今日は、この後家族と予定があるから、明日でもいいかな」

「わかった。じゃあまた明日いこう」

　今年の元旦は今まで生きてきた中で一番素晴《すば》らしいものとなった。春香から手編みのミトンをもらったので感動だ。たとえブレスレットのお返しだったとしても貰《もら》ったことには違いない。春香の振袖姿もスマホで撮《と》ったし永久保存版だ。

　春香とお参りしたあとは家に帰ってさっさと寝《ね》た。さっきまで春香と会っていたからか初夢は春香と一緒に王華学院に合格している夢だった。初夢は実現するともいうし二人で合格に一歩近づいた気がする。

　起きてからは、どこにもいかずに家でゴロゴロしてテレビを見ながら過ごした。

　普段、時間があればダンジョンに潜っていたので、家でこんな感じに過ごすのも久しぶりだ。

　家族でこんな感じのお正月も悪くない。

　だらだら過ごすと時間が経《た》つのもあっという間で、一日がなにもしない間に終わってしまった。

翌日の一月二日、約束通り春香と駅前で合流した。

今日は白のロングコートが振袖とはまた違う魅力《みりょく》を発揮しており、可愛い。

お正月に二日続けて春香と何処《どこ》かに行けるなんて、幸せだ。

「おはよう。じゃあ行こうか」

「手袋してくれてるんだね。よかった」

「ああ、もうあったかいし、最高だよ」

そのまま映画館に直行したが、お正月という事でアニメ映画が多いようだ。

「何かみたい映画ある？」

「できたらこれがみたいかな」

春香がみたいと言ったのは興行収入百億円突破《とっぱ》のアニメ恋愛映画『宇宙で会えたら』だった。

普段、あまりＴＶを見ない俺《おれ》でも、至る所でプロモーションをしているので知っている映画だ。

春香と何度か映画に来ているものの、アニメ映画は初めてとなるが、俺もちょっと興味があったので良かった。

早速チケットを買って二人で観《み》たが、お正月だからか結構空《す》いていて、逆にそれが良かったりした。

映画の内容は高校生がロケットを製作する話だが、その夢を持ち続けて、大人になってからみんなの思いを乗せたロケットの打ち上げに成功して、最終的に高校時代の思い人と結ばれるという話だった。

圧倒的《あっとうてき》な映像美と、設定が高校生だった事もあり、自己投影《とうえい》して感動してしまった。最後がハッピーエンドで、思い人と結ばれたのも良かった。

アニメ映画を今まで敬遠していた節があったが、完全に裏切られた。アニメ映画すごく良かった。

春香を見ると、ラストのシーンで泣いていた。映画で泣く春香を見るのはこれで二度目だが、やっぱり可愛い。

「海斗、すごくいい映画だったね。私感動しちゃった。私たちも同じ大学にいけるように頑張ろうね」

「ああ、もちろんだよ」

正月から春香と会えて、良い映画を観ることができて、今年は本当にいい年になりそうだ。

エピローグ

気がついた時には、怖《こわ》そうな不良三人組に囲まれてしまっていた。

「か〜のじょ、かわいいね〜」

嫌《いや》な感じの声に体に緊張《きんちょう》が走った。どうしかしてやり過ごさないとけない。

「学校の帰りだよね〜。よかったら俺らと一緒に遊びに行かない？　寒いし、どっかあったかい所行こうよ」

いくわけないでしょ。いったら何されるかわからない。

「ねえ、ねえ、無視しないでくれる〜。俺達《おれたち》傷ついちゃうんだけど〜。お詫《わ》びに付き合ってよ。明日の朝まででいいからさ〜。ギャハハハハ」

朝までって、怖い。逃《に》げなきゃ。

「ごめんなさい。二人で約束があるので失礼します」

春香《はるか》偉《えら》い。急いで逃げなきゃ。春香の声に合わせて逃げようとしたけど、

「約束〜？　それなら俺達と約束してくれよ〜。朝まで一緒にいてくれるってよ〜。ヒャ

ハッハッ」

行手を阻《はば》まれて逃げられない。怖い……。

誰《だれ》か助けて。そこを歩いてる人でもいいから助けて。

もう無理、足が竦《すく》んで動かない。

春香……ごめん、私声が出ない。

不良の一人が強引に迫ってきた。

もうダメ……

「すいませ～ん。お兄さんたちごめんなさい。その子たち俺の友達なんですよ。約束してるの俺なんでごめんなさい」

えっ⁉　突然《とつぜん》、男の人の声が背後から聞こえて来た。誰だかわからないけど助けて！

声の方を見て本当に驚《おどろ》いた。

高木《たかぎ》くん？

そこに現れたのはクラスメイトの高木くんだった。

「春香。あれって本当に高木くんだった？」

「うん。海斗《かいと》だったよ」

「なんかすごくなかった？」

「不良に絡《から》まれた時には、誰も助けてくれないし、どうしようって思ったけど颯爽《さっそう》と現れて」

「うん、すごかったね」

「うん、びっくりしたけど、海斗が助けてくれて本当によかったね」

「三人相手にしても、冷静そのものだったよね」

「そうだね。私は冷静じゃいられなかったよ」

「そうよね。しかも、殴《なぐ》りかかられても、凄《すご》い動きで全部かわしてたし、ナイフまで出されたけど、あっという間に撃退《げきたい》しちゃったよね」

「うん、すごかったね。探索《たんさく》者してるから慣れてるのかも」

「春香、凄いどころじゃないよ。なにあれ、あんなのＴＶか映画でしか見た事ないよ」

「うん、確かに映画みたいだったね」

「高木くんだよ高木くん。クラスで目立たない高木くんが、あれじゃあ王子様か英雄《えいゆう》みたいじゃない」

「そうかもしれないね」

「私、高木くんが本気で怒《おこ》ってるの初めて見たかもしれない。春香が腕《うで》を掴《つか》まれた時凄かったよね」

「私はちょっと必死だったから」

「ああ、そうよね。高木くんの表情と殺気？　っていうか怒気《どき》っていうのか、私まで伝わってきたもの。よっぽど春香に危害が加えられて頭にきたのね」

「うん」

「それでも最後まで冷静に不良を追い払ってくれて、本当に凄かったわ〜。春香がお姫様《ひめさま》だけど私もお姫様になったような錯覚《さっかく》を覚えちゃった」

「別に私はお姫様じゃないよ」

「しかもなにあれ？　最後、さりげなく送ってくれたと思ったら、『それじゃあ、また明日』って。爽《さわ》やかすぎない？　高木くんてあいうキャラだった？」

「そうかな、私の前だといつもあんな感じだけど」

「あ〜。そうなんだ、私が知らなかっただけか〜。春香にはいつもあの感じなのか〜」

「うん、いつもあんな感じだよ。いつも力になってくれるし」

「そうなんだ。人は見かけによらないのね」

「たぶん、いつもダンジョンに潜ってるみたいだから、普段から鍛《きた》えてるんじゃないかな」

「探索者って凄いのね。これからは探索者してる人たちへの見方が変わっちゃいそう。普段大人しくていざという時に頼《たよ》りになるって、ある種理想的じゃない」

「そうだね。頼りになるよね」

今回の件は本当に怖くて、びっくりして、驚いてしまった。

こんなの春香がいなければ危《あや》うく好きになってしまいそうになる所だよ。

私も探索者の彼氏《かれし》を見つけてみようかな。

あとがき

ここまで読んでいただいた読者の皆様、本当にありがとうございます。

皆様のおかげで、ついにモブから始まる探索英雄譚も三巻となりました。

今回はベルリアとの出逢いと、季節を意識したクリスマスやお正月のエピソードが中心となりましたが、今までの海斗には見られなかったシリアスな一面が見られたと思います。

モブからでは、探索者としてのレベルアップと共にメンバーの人間としての成長も描いていきたいと思っています。

三巻でサーバントも三人となりパーティの戦力も充実してきました。

新しく登場したベルリアは三人の中では一番弱くて悪魔のくせに人間臭いです。

主人公とも相通ずる部分もありますが、貴重な男性メンバーとして今後活躍してくれるはずです。

今回大きな山場としてベルリアに殺されかけた主人公が、メンバーを護ることを渇望し覚醒します。

残念ながら主人公は怒りや覚悟でパワーアップするチート能力は秘めていないので、覚醒するのはルシェですが……

主人公は小学生の時、春香に強い影響を受けて英雄を目指していますが、海斗の目指す英雄像は、世界を救うスーパーヒーローではありません。

身近な人を助けることができる力が欲しい。

大切な人を護れるような人間になりたい。

そして春香にモテたい。

そんな誰もが持っているような想いが主人公の行動を支えています。

今回の出来事でより強くその想いを意識した主人公は、更なる高みを目指してダンジョンを探索していくことでしょう。

そして三つの中でも一番強いかもしれない想い、ヒロインの春香とも急接近した三巻ですが、今後さらなる展開が待っているのか気になります。

探索者としてのレベルと違い恋愛のレベルはなかなか上がらない海斗ですが、いつの日か覚醒してほしいと願っています。

そしてこの三巻の発売に先駆けてモブから始まる探索英雄譚がてりてりお先生作画でコミカライズされ連載が開始しています。

コミカルでシリアスな海斗達が漫画の世界でも大活躍しています。

今後も広がるモブからワールドをお楽しみに。

ホビージャパンの皆様、モブからの世界観を躍動感のあるイラストとして具現化していただいたあるみっく先生、そしてこの本の出版に携わってくれたすべての人に感謝です。

そしてなによりもこの本を手に取ってくれた読者の皆様ありがとうございます。

また次回読者の皆様とお会いできる機会があることを願っています。

海翔

HJ文庫 https://firecross.jp/
972

モブから始まる探索英雄譚3

2021年12月1日　初版発行

著者――海翔

発行者―松下大介
発行所―株式会社ホビージャパン

〒151-0053
東京都渋谷区代々木2－15－8
電話　03(5304)7604（編集）
　　　03(5304)9112（営業）

印刷所――大日本印刷株式会社

装丁――BELL'S GRAPHICS／株式会社エストール

Printed in Japan
ISBN978-4-7986-2679-6　C0193